"列国纪行"系列丛书

跨越国界的关怀

"列国纪行"系列丛书编委会 编

外语教学与研究出版社
北京

图书在版编目（CIP）数据

跨越国界的关怀 /"列国纪行"系列丛书编委会编. -- 北京：外语教学与研究出版社, 2025. 4. --（"列国纪行"系列丛书）. -- ISBN 978-7-5213-6261-9
Ⅰ. I267.4
中国国家版本馆 CIP 数据核字第 2025BV3319 号

跨越国界的关怀
KUAYUE GUOJIE DE GUANHUAI

出 版 人	王　芳
项目统筹	钱垂君　王　琳
责任编辑	钱垂君
责任校对	牛茜茜
装帧设计	姚雅雯
出版发行	外语教学与研究出版社
社　　址	北京市西三环北路 19 号（100089）
网　　址	https://www.fltrp.com
印　　刷	北京盛通印刷股份有限公司
开　　本	720×1000　1/16
印　　张	14.5
字　　数	164 千字
版　　次	2025 年 4 月第 1 版
印　　次	2025 年 4 月第 1 次印刷
书　　号	ISBN 978-7-5213-6261-9
定　　价	98.00 元

如有图书采购需求，图书内容或印刷装订等问题，侵权、盗版书籍等线索，请拨打以下电话或关注官方服务号：
客服电话：400 898 7008
官方服务号：微信搜索并关注公众号"外研社官方服务号"
外研社购书网址：https://fltrp.tmall.com

物料号：362610001

记载人类文明
沟通世界文化
www.fltrp.com

"列国纪行"系列丛书

编委会

主　编：王定华　贾文键
编　委（按姓氏笔画排列）：
　　　　丁　浩　王　芳　刘　捷　邹传明　陈明明　尚晓明
　　　　和　静　金利民　金雪涛　赵　杨　柯荣谊　姜　锋
　　　　黄友义　詹福瑞

工委会

主　任：王　芳
副主任：刘　捷　鞠　慧
秘书长：王　琳
委　员（按姓氏笔画排列）：
　　　　王　欢　王海燕　向凤菲　刘旭璐　刘　荣　刘雪梅
　　　　齐力颖　安　琪　许杰然　李彩霞　李　斐　杨雨昕
　　　　杨馨园　吴晓静　迟红蕾　张路路　易　璐　赵　青
　　　　段会香　钱垂君

序言

微观世界，纪行全球

王定华　贾文键

人民友好是国际关系行稳致远的基础，是促进世界和平与发展的不竭动力。民间交往，是普通民众之间的跨文化互动，形式多样，涵盖旅游、留学、艺术交流和公益活动等众多领域。这种交流贴近个体的日常生活，真实而生动，作为国家间交往的重要补充形式，为国家间的理解与合作注入了鲜活的力量。民间交往中的故事往往归属于那些充满生活气息的"微小叙事"，这些故事深情而细腻地聚焦于个体的日常生活与地方性的独特经验，它们或许在表面上显得平凡无奇、微不足道，然而，正是通过这些看似琐碎的细节描绘和真实可感的情境再现，折射出更为广阔的社会风貌、深厚的文化底蕴以及复杂多变的历史变迁，从而成为我们理解世界、感悟人性的重要窗口。这些微小却真实的叙事，揭示了国家关系背后的真实道理，成为增进国际理解与合作的重要纽带。

在全球化和数字化的今天，"微小叙事"价值愈发凸显。它不仅是个体表达的重要方式，更是文化交流、社会理解和国家形象塑造的有力工具。在信息爆炸的时代，这些真实又富有温度的故事，能够跨越文化隔阂，拉近彼此距离，增进相互理解。正是在这样的背景下，"列国纪行"系列丛书应运而生。

"列国纪行"系列丛书记录了近年来一些身份不同、背景各异的中国人在海外的所见、所闻、所思和所感。每一个故事，都分享了一段独特的旅程，讲述了中国人如何与异域文化深度接触与交流，如何在异国他乡奋斗与成长，如何在陌生的土地上扎根，如何与不同文化的人群相处，以及如何在全球化的浪潮中找到自己的坐标。这些丰富多彩的故事，不仅仅是一个个鲜活个人的独特经历与深刻记忆，更是所处时代风云变幻、社会风貌更迭的缩影，它们如同一面面镜子，映照出历史长河中的点点滴滴。这套丛书并非简单的游记汇编，而是意义深远的文化桥梁。一方面，它为国人开辟了一条全新的理解世界的路径。过去，我们常通过新闻报道或学术研究等宏观视角认识世界、了解世界，而这套丛书则将目光聚焦于个体，通过普通人的亲身经历，带领读者走进世界的每一个细微角落，感受街头巷尾的烟火气，触摸历史建筑的沧桑纹理，体会不同社会习俗背后的情感与价值，让世界变得更加鲜活、立体、触手可及。另一方面，它为区域国别研究提供了独特的民间视角。这些真实故事和切身感受，能够以其多样、入微的生活场景和文化现象，为专业研究补充鲜活的感性素材，揭示那些隐藏在数据和报告背后的人文细节，帮助社会各界以更加全面细致、深入透彻的视角观察和理解不同国家和地区。

此外，"列国纪行"系列丛书还肩负着双向沟通的使命。对内，它让中国读者通过这些故事拓宽视野，更加深入地理解世界的多样性，培养全球视野与开放胸怀，消除因地域距离和信息闭塞带来的陌生与隔阂，从而在国际交往中更加自信从容。对外，这些展现普通中国人在海外生活的篇章，向世界传递了中国的声音，展示了中国人民友好、进取、包容的一面，让世界看到一个真实、立体、全面的中国，从而在心灵深处建立起一座座理解与尊重的桥梁，不断增进各国人民之间的相互理解、信任与合作。

北京外国语大学和所属外语教学与研究出版社（外研社）精心组建了"列国纪行"系列丛书编写委员会和工作委员会，确保丛书的高质量呈现。编写委员会汇聚了国内政治、经济、文化、教育、外交等领域的知名专家学者，他们深耕中外交流与海外传播领域，为丛书筛选优质稿件并把控内容方向，确保每一篇文章既能体现独特个体感悟、细腻情感与深邃思考，又能紧密契合当下社会的发展趋势、文化需求以及读者的广泛共鸣，力求在展现个性化的同时，也具备时代性、前瞻性和广泛的社会价值。工作委员会则负责各项工作的全流程落地，从联系作者、接收稿件，到编辑校对、装帧设计，再到印刷发行、宣传推广，力求精准传递文字的思想与情感，真实呈现图片的细节与意境，并通过外研社的广泛发行网络，将这套丛书推向国内外，既让国人感悟异国风情，又让世界倾听来自中国民间的跨国故事，扩大丛书的国际影响力。

衷心希望"列国纪行"系列丛书成为时代忠实而敏锐的记录者，成为中外交流坚固而宽广的桥梁，成为连接你我与世界无形而强韧的纽带。愿每一位翻开丛书的读者，都能跟随作者的足迹，游历五洲四海，感受世界的脉动，汲取智慧与力量。让我们通过这行行文字和幅幅画面，共享信息，共情感受，共筑梦想，感受文化交融的深意；让中国与世界越走越近，共同创造更加美好的未来。

2025 年 4 月 23 日（世界读书日）

（王定华，北京外国语大学党委书记；

贾文键，北京外国语大学校长）

目录

人在旅途

吕贝克掠影 / 朱姝　3

皇村游记及联想 / 李清和　10

旧金山湾区的畅想 / 陈其　20

伯恩茅斯的慈善商店 / 王萍　32

欧洲坐火车出行二三事 / 顾德宁　39

曼谷行记 / 郭宇　王静仪　45

生活

在别处

本科毕业入职日本养老院 / 刘思奇　55

初涉新加坡的外卖生意"江湖" / 郭照川　65

跨越国界的关怀：坦桑尼亚历险记 / 徐墨　76

派驻墨西哥的记者生涯 / 蒋政旭　82

教育见闻

陶森印记：一段教育之旅的悠悠回响 / 刘捷　91

远航鞑靼海峡的大篷车课堂 / 贺培荣　106

印度精英教育初体验 / 李彤　121

跨文化成长：匈牙利留学记 / 付阳　129

文化与传承：哈佛毕业季见闻 / 金衡山　137

沙海绿浪 / 于涛　147

网文"霸道总裁"出海记 / 李晓天　157

故事 / 人物

仁心仁术传递关爱：援外医疗记 / 曾博　169
奔赴越南经商的中国人 / 常芳菲　176
与肯尼亚农民分享丰收的喜悦 / 林子涵　189
90后夫妻闯荡非洲开超市 / 贾梦雅　196
漂洋过海来拍你：视频里的非洲 / 张锐　205

人在
旅途

吕贝克掠影

朱姝[*]

2018年3月28日，上海多云，最高气温25℃，校园里花团锦簇，春意盎然。彼时，万里之外的吕村刚刚进入夏令时，与上海的时差由原先的七小时变为了六小时。吕村的春天也到了吧？然而，梓峰在朋友圈里说：进入春季，竟然又下雪了！真的如Lan所说，德国的冬天特别长。

吕村是学生们对德国吕贝克应用科技大学所在区域的昵称。吕村不大，但吕村所属的吕贝克市却是历史悠久。

提起吕贝克，就不得不提到"汉萨同盟"，这是当年德意志北部沿海城市为保护其贸易利益而结成的商业同盟，再讲得直白点，最初的出发点就是联合起来防海盗。从地图上看，位于波罗的海西南角的吕贝克城，是萨克森地区前往波罗的海商路的出口，在这里，德国商人向北可抵达斯堪的纳维亚；向东可贯穿整个波罗的海。遗憾的是，它地处德国北部，周围河流短促，进入吕贝克的商品，并不能有效输送到德国腹

---

[*] 朱姝，上海市教育工会常务副主席，法学博士。

地。这也意味着，吕贝克是一个更适合转运的外贸港口。

而位于易北河的汉堡，恰好能与吕贝克形成互补。从汉堡出发，向西可至北海；向南可深入欧洲腹地；向东可到吕贝克，正好与吕贝克的商路接通，两城极易形成共同贸易链。正因如此，这两个地缘相似的城市于1231年正式缔结盟约，此即为汉萨同盟的雏形。此后，吕贝克-汉堡同盟很快控制了波罗的海出海口的贸易，并吸引了其他实力强大的城市（诸如布鲁日、科隆）加入，逐渐变成了一个影响力巨大的商业共同体。

1356年，汉萨同盟在吕贝克正式成立。"汉萨"一词对应的日耳曼语词hansa原意为"集团"。极盛时加盟城市超过160个，同盟的中心即为吕贝克。

其实今天，我们从德国著名的航空公司汉莎的英文名Lufthansa以及吕贝克的英文名Hanseatic City of Lübeck仍然能够感受到汉萨同盟留下的印迹。作为德国传统商业的巅峰，这个同盟在它的黄金时代几乎相当于一个欧洲强国。然而它最终还是因为成员利益分摊不均而于1669年分崩离析，给今天的欧盟留下了诸多遗产。

谁也不会想到，吕贝克这座距离汉堡70公里的海边小城在历史上如此显赫。也难怪站在霍尔斯滕门前，一种历史的厚重感油然而生。

霍尔斯滕门是吕贝克城的标志性建筑，始建于1464年，历经14年完工。它被称为德国最美丽的中世纪城门，曾出现在早年50马克钞票上。作为汉萨同盟的"女王城市"，当时的吕贝克积累了大量的财富。

/ 霍尔斯滕门

为防止财富被盗,建造了厚重的城墙进行保护。据说最早有四重城门,我们今天看到的是从外向内的第三座城门。可以脑补一下,那得有多少财富才值得如此大兴土木,建造这固若金汤的一道道防护。朝西的城门上用拉丁语写着当年汉萨同盟的口号"对内和谐,对外和平"。

　　从城门侧面看,朝西的城墙很厚,而城墙背面对着城内的一侧相对就比较薄。那是因为霍尔斯滕门是老城的西门,它要抵御外来的侵袭,对内的城墙薄,据说是为防止敌军攻占城门后将其作为据点死守。城墙的塔楼上有密密麻麻的射击孔，据说楼内还有加农炮！城门窗户不多，每层六扇，这可不是简单的采光透气用的窗户，一旦有敌情，窗户里泼出来的就是滚烫的开水或者沥青，让入侵者瞬间伤亡惨重。但实际上这里从未发射过一枪一弹。

古老的城门已经矗立在这里，默默守护了吕城将近600年光阴，仔细看，似乎已经有些下沉，并微微倾斜了。站在城门前稍许泥泞的广场上，依然能够从城门设计上的细节体会到德国人的严谨。

穿过城门，特拉沃河和易北河-吕贝克运河穿城而过，将吕贝克分为新老两个城区，中间的岛屿就是老城区。城门旁边的六座山形墙建筑，就是曾经的盐仓。这些古老的建筑底楼已改建成商场，红色山墙在阳光下泛着特有的光泽，显出一种清冷的热烈。

我疾走在市中心，近距离地感受着吕城的沧桑与底蕴。

吕城又被称为"七尖顶城"，原因无他，只因它的城市上空轮廓由七座教堂塔楼构成：圣佩特利教堂（一尖顶）、圣玛丽亚教堂（二尖顶）、大教堂（二尖顶）、圣阿吉迪教堂（一尖顶）、雅各比教堂（一尖顶）。这些哥特式、巴洛克式、罗马式的教堂尖顶簇拥在城市上空，形成了一片塔尖的森林。圣玛丽亚教堂旁就是被喻为"石头神话"的吕贝克市政厅，这是一座古时"风格混搭"的范例：一半是哥特式，另一半则是文艺复兴式的。黑色的建筑本体建于1230年，北侧白色那面墙则建于1435年，背向广场的一侧，满是文艺复兴时期（14—17世纪）的漂亮装饰。

/柏林墙残块

春风还是凉凉，带着冬日的凛冽。几乎冻僵的我们来到一幢小屋前，这里是西德总理勃兰特故居，也是他出生的地方。勃兰特是诺贝尔和平奖获得者，为东西德的和解做出了巨大贡献。展馆不大，小小的一扇门，入口处即有一座小小的勃兰特雕塑。馆中的展品再现了冷战时期的紧张氛围，并介绍了勃兰特在关键时期发挥的巨大作用。穿过门厅，直接来到一个小小的院落。这里安静地矗立着一块水泥墙，一面斑驳，一面灰黑，露出内里的钢筋。几乎在一瞬间，我们脱口而出："柏林墙。"

这是一段当年的东西德隔离墙的原墙。暮色降临，高高的墙石竖立在院子里，显得格外的清冷，无言地诉说着那一段历史。

城里的故居比较多。对我而言，最有吸引力的莫过于布登布洛克之屋和君特·格拉斯故居。前者是曼家族的宅第，作家托马斯·曼于1875年出生于此，房屋以他的小说《布登布洛克家族》而命名。现在，这里主要作为研究托马斯·曼和亨利希·曼兄弟的场所；正如托马斯·曼小说中所描述的，有"一个怀抱风景的小屋能望到玛丽恩教堂"和"一个有上帝神像的餐厅"。我痴心妄想，若是时间允许，在这里消磨上一天，坐在屋子里读原著，也是一种别样的调调了。后者坐落于钟楼大道，作为隐匿在古老街道和房屋内的现代化博物馆，向游客展示了集作家、雕刻家、画家于一身的格拉斯的创造性作品。格拉斯活着的时候，一直是德国良心的化身，代表了德国走出战争、清算过去的真诚努力。

值得回味的是，尽管吕贝克为这三位诺贝尔奖得主分别建造了三座博物馆，但这三位的情况又各不相同：托马斯·曼是纳粹上台以后流亡国外的最有名的德国文化人；勃兰特因为下跪而让世人把他视为德国告别过去的代表，视为英雄；而格拉斯，名下有堪称世纪经典的小说，却在功成名就之后，承认自己曾是纳粹党卫军的一员——等于自己走进了灰色地带。

沿着城中的千年古道继续前行，会来到格兰多尔普过道。这一带大约形成于1612年，据说是当年政府为穷人所修建的慈善街区；早期的时候，由当地的贵族、富商在自家的花园、空地建成一座座小房子，租给贫民居住。现如今，这些房子已经改建，有些类似国内的创意区。我看那一间间小房子虽小犹精致，装点得各具特色。我们估猜，现在的居民大概也多为那些艺术家、"吕漂"吧?

出窄巷再拐弯，是市中心著名的亚洲超市。名头极大，门面极小，所售商品却种类齐全，竟然还有镇江香醋，小磨麻油！转身才蓦然发现，店主竟然是个地地道道的老外！

皇村游记及联想

李清和[*]

2017年6月20日至28日，我随天津市政协历届委员自费旅游团访问了俄罗斯圣彼得堡和莫斯科两个城市。6月23日上午，天气晴朗，微风和煦，旅游团的同志们怀着愉快的心情，乘坐大巴奔向皇村（又称普希金城）。透过车窗，我看到有指向皇村的路标。没过多久，大巴车就到了目的地。

据导游介绍，皇村位于圣彼得堡市南部约25公里处，名称的字面意思是"沙皇的村落"，在约200年的时间内，这里一直是沙皇俄国贵族们的度夏之所。

叶卡捷琳娜宫

皇村由两座皇宫组成，叶卡捷琳娜宫和亚历山大宫。皇村是各种园林艺术风格的综合体，巴洛克的华美、古典主义的自然、浪漫主义的感

---

[*] 李清和，曾任中共天津市委常委副秘书长兼办公厅主任，天津市政协常委、港澳台侨和外事委员会主任。

伤,共同编织成一个结构完整、丰富多彩的园林建筑综合体,成为世界园林艺术中一颗璀璨的明珠。皇村中学曾经是俄罗斯伟大诗人普希金学习的地方。1937年普希金逝世100周年之际,皇村改称普希金城。

到了皇村,在进门处有一幅叶卡捷琳娜花园示意图,图上标着叶卡捷琳娜宫、法国式庭院、英国式大花园等景点的位置。我们在导游的引导下,从团体专用通道进入叶卡捷琳娜宫。持个人门票的游客则在另一个门前排起了长队。

据导游介绍,皇村主要反映了叶卡捷琳娜二世的理想和品位。

1717年,在圣彼得堡以南的"萨丽"庄园,为彼得一世的妻子、皇后叶卡捷琳娜一世·阿列克谢耶芙娜而建的消夏别墅破土动工。七年后,共有16间正房的两层豪宅及周围花园竣工启用。为了强调皇家新领地的意义,不久这里便被称为皇村。

1741年,彼得大帝之女伊丽莎白·彼得罗夫娜登上皇位后,授权彼得堡最优秀的建筑师对这座略显简朴的庄园进行扩建。在持续的大规模工程中,不仅新建了宫殿、扩展了花园,还建起第一批园中建筑。特别是经过天才建筑师B.拉斯特雷利精心设计,这里改头换面,焕然一新。改造后的宫殿长达306米,超过了俄罗斯巴洛克时期的所有建筑。天蓝色的外表耀眼夺目,洋溢着喜庆气氛,造型丰富的雕塑和凹凸有致的结构使数百米长的建筑丝毫不显得单调呆板。皇宫教堂那五个圆葱头式尖顶在碧空下金光灿灿,几乎从园内任何地方都远远望得见。拉斯特雷利的艺术天才在装饰宫殿内部时更是大显身手,他创作的一个个富丽堂皇的厅室成为巴洛克风格的经典之作。

叶卡捷琳娜二世统治期间（1762—1796），皇村成为日益强大的俄罗斯帝国的文化的缩影。她成为皇村第三任主人不久，颁诏将原来呈几何形布局的花园改建成时髦的英国式园林。此时欧洲的文化潮流已演变为以自然为本的古典主义，这一理念同样被引入园林艺术中。于是，蜿蜒小径代替了笔直的林荫路，修剪整齐的草坪变成厚密茂盛的草地，方圆规矩的池塘改为轮廓曲折的潭洫，任其自由生长的团团树林仿佛天然生成。

我们进入叶卡捷琳娜宫，开始依次参观红柱厅、绿柱厅、主宴会厅、宴会厅、白色小厅、油画厅等。一座座金色大厅，让参观者目不暇接，令人眩晕。

琥珀屋

宫殿中的琥珀屋（即琥珀宫），是叶卡捷琳娜宫的精华所在。琥珀屋本身就是个传奇。它是1716年普鲁士国王威廉一世送给俄罗斯沙皇彼得大帝的礼物，墙面镶嵌有六吨多琥珀和名贵珠宝，闪耀着人类可以想象的黄色系中一切的色彩，从柠檬黄到金红色，辉煌得令人窒息。

1701年，当时的普鲁士国王腓特烈一世为了效仿法国皇帝路易十四的奢华生活，命令普鲁士最有名的建筑师兴建琥珀屋，建成后光彩夺目、富丽堂皇。

在第二次世界大战中，琥珀屋这座宝屋被冲进圣彼得堡的纳粹军队

/ 琥珀屋一角

劫走,然而随着战争的结束,这一旷世奇珍彻底从世人眼中失去了踪影。近些年来,越来越多的人相信,琥珀屋被拆整为零,装入 27 个大箱子,可能正沉睡在奥地利一座湖的湖底。直到 2003 年圣彼得堡建城 300 周年纪念的时候,才由俄罗斯巧匠重新复原了当时的面貌。修复一新的琥珀宫凭借精美的工艺、高超的技术及其背后跌宕起伏的历史故事，给参观者以艺术和精神上的享受。

亚历山大宫是位于皇村内的一座宫殿建筑。亚历山大宫是俄国末代沙皇尼古拉二世最喜欢的宫殿，他经常在这里居住。亚历山大宫修建于 1792 年至 1796 年之间，为新古典主义风格建筑。现在亚历山大宫是一座博物馆。由于时间关系，我们没有来得及参观亚历山大宫。

卡梅隆柱廊

我们走出叶卡捷琳娜宫，开始分散活动。我和老伴沿着台阶上了卡梅隆长廊。叶卡捷琳娜宫之侧的卡梅隆柱廊，也称卡梅隆长廊、卡梅隆回廊、卡梅伦长廊等，就是法式花园与英式花园的分界线。

/ 卡梅隆柱廊入口处

18世纪中叶，卡梅隆柱廊的设计师卡梅隆根据叶卡捷琳娜二世的喜好，在对皇宫部分房间重新装修的同时，还将原来呈几何图形布局的法式花园改建成时髦的以自然为本的英式风格园林；特别在叶卡捷琳娜宫北面花园的山坡上，建造了一处供女皇散步与观景的长廊——卡梅隆柱廊。

在卡梅隆柱廊入口两旁有古希腊罗马神话青铜雕像，左边是大力神赫拉克勒斯，右边是花神芙罗拉。我们沿着宽阔的阶梯上到平台。从这里放眼望去，皇村的园林景色，湖泊、草地、树木、小桥、雕塑、湖心小岛等，尽收眼底。这如诗如画的古典主义园林，令人赏心悦目。柱廊的中部有长方形的玻璃大厅，回廊为希腊柱廊，摆放着女皇收藏的哲学家、学者、诗人、圣人、古罗马皇帝与统帅的半身青铜雕像。这里是叶卡捷琳娜二世漫步、沉思、看景、谈哲学的地方。

普希金和皇村中学

在叶卡捷琳娜宫右侧有一个走廊过道，把宫殿与一座四层小楼连接起来，这座小楼并不起眼，但它在皇村却赫赫有名，这就是俄罗斯伟大诗人普希金的母校"皇村中学"。

普希金12岁进入皇村中学学习，从1811—1816年年底在皇村中学度过了六个春秋。他在这里开始了文学创作生涯，并写下了大量的诗篇。1899年5月26日，为纪念普希金100周年诞辰，皇村中学校园竖起了一座普希金铜像。1937年1月29日，为纪念普希金逝世100周年，皇村改名为普希金城。现在，每年6月的第一个星期天，这里都要隆重举行庆祝普希金生日的活动。

普希金在俄罗斯文学史上被誉为"俄国诗歌的太阳"。他是皇村学校的第一位毕业生。皇村学校作为其文学生涯的摇篮，与普希金的名字紧紧地连在一起，这片充满灵性的土地滋养着诗人，赋予他源源不绝的创作灵感。"在那儿，我的青春和童年交融。在那儿，被自然和幻想抚养，我体验到了诗情、欢乐和宁静……"普希金让人们认识了皇村，皇村更让人们永远记住了这位文学巨匠。

普希金在皇村中学学习期间，酷爱文学和写诗。当时的皇村学校，写诗是同学们爱好的作业，而普希金的诗写得最好，同学们都能把他的诗背诵下来。1815年1月8日，普希金在考场上朗诵了《皇村回忆》这首诗，受到在场的诗人杰尔查文的热情赞扬。该诗是皇村学校教授加利奇授意普希金为参加俄语公开考试而写的。

普希金在回忆与杰尔查文的见面时这样写道："我平生只见过杰尔查文一次，但却令我终生难忘。那是1815年，皇村学校举行公开考试。听说杰尔查文会来主持考试，我们都激动不已。杰尔查文已经老了，他坐在那里，一直在打盹，直到俄罗斯文学考试开始时才醒过来，恢复了生气。我站在离杰尔查文几步远的地方，朗诵起我的《皇村回忆》。我无法用语言形容自己当时的状态，当我读到提起杰尔查文大名的诗句，我的童音清脆悦耳，我的心沉醉在无限的狂喜中……杰尔查文对我赞叹不已，他叫我的名字，想要拥抱我。大家去找我，却没有找到。"

杰尔查文是普希金的老师，是当时文学界的泰斗、著名诗人。杰尔查文听了普希金朗诵的诗作《皇村回忆》后大为惊讶，赞不绝口："普希金虽然只是个中学生，却已经超过了俄国所有的诗人。"

普希金在《皇村回忆》最后写道：

"这是什么景象？俄国人带来了

金黄的橄榄和和解的微笑。

远处战争轰鸣，莫斯科一片凄凉，

就像草原笼罩在北国的寒雾之中，

俄国人带来的不是毁灭，而是拯救

和造福大地的和平。

啊，富有灵感的俄罗斯歌手，

你歌颂过威武的战阵，

请你怀着热烈的心，为同行们

弹奏一曲黄金的竖琴！

再用和谐的琴声把英雄歌唱，

高傲的琴弦会把一团火送进心中；

年轻的士兵听到你这战斗的歌声，

他们的心就会颤抖和沸腾。"

《皇村回忆》是普希金在皇村中学的经典之作。有人说："读俄罗斯，从普希金开始；读普希金，从《皇村回忆》开始。"这话不无道理。

据介绍，普希金是伟大的俄国诗人、剧作家和散文作家，俄罗斯文学的鼻祖，俄罗斯现代语言的创始者，奠定了俄国现实主义文学的基础，是19世纪上半叶俄国最具权威的文学人物之一。1799年，他诞生在莫斯科的一个贵族家庭。童年时由法国家庭教师管教，八岁时就开始用法文写诗，同时又从保姆那里学到了俄罗斯人民的语言。在皇村中学学习时，他受到当时爱国思潮和进步思想的影响，结交了许多十二月党人；1817年皇村中学毕业后任职于外交部，此后数年间写作了大量作品；1823年，受敖德萨总督诬陷，被送到他父母的领地米哈伊洛夫斯克村监视居住；1825年，十二月党人起义失败，尼古拉一世将普希金召到莫斯科，但他仍受宪警监视；1833年，回到彼得堡；1837年，死于决斗。代表作有诗歌《自由颂》《致大海》《致恰达耶夫》《假如生活欺骗了你》等，诗体小说《叶甫盖尼·奥涅金》，小说《上尉的女儿》《黑桃皇后》等。

俄罗斯哲学家、文学评论家别林斯基对普希金做出形象化的论断："他犹如大海一样，汇集了他以前文学的各个细流巨川。同时，普希金又是俄罗斯文学进一步发展的源泉。"俄罗斯批判主义作家果戈理对普希金评价道："他像一部辞书一样，包含着我们语言的全部宝藏、力量和灵活性。在他身上，俄罗斯的大自然、俄罗斯的灵魂、俄罗斯的语言、俄罗斯的性格反映得那样纯洁，那样美，就像在凸出的光学玻璃上反映出来的风景一样。"莱蒙托夫和果戈理、屠格涅夫和托尔斯泰、冈察洛夫和契诃夫、高尔基和马雅可夫斯基，都认为普希金是自己的老师。

我信步走在林荫道上，寻找昔日令普希金"心驰神往的迷人的地方"。路旁芳草青青，高耸的橡树遮天蔽日，丛林中不时闪现出蜿蜒的小溪，几只鸭子悠然穿过深绿的浮萍，见人走来便没入水中。再往前行，就见一汪湖水。我站立湖边，思念着天国的诗人，回忆起我在大学里初读普希金诗歌的情形。

我从1960年进入南开大学外文系，开始学习俄罗斯语言文学专业。著名翻译家、诗人曹葆华的长子，莫斯科大学新闻系毕业的曹中德老师为我们讲授苏俄文学选读课。在曹老师教导下，我从对诗人普希金知之甚少到开始喜好并学习钻研他的诗歌。至今我还记得几首普希金的诗歌，如《致恰达耶夫》《假如生活欺骗了你》《叶甫盖尼·奥涅金》《渔夫和金鱼的故事》《驿站长》等，这些诗篇和其中的名句伴随我从青年步入老年。

2017年9月12日，俄罗斯国立远东（红旗）歌舞团一行39人抵达天津，开始为期一周的文化展演活动。在9月13日晚举行的欢迎仪式上，我除了致欢迎词外，还用俄语朗诵了普希金的诗《假如生活欺骗了你》：

"假如生活欺骗了你，

不要悲伤，不要心急！

忧郁的日子里须要镇静：

相信吧，快乐的日子将会来临。

……"

我的朗诵赢得了在场的俄罗斯朋友和与会同志的热烈掌声。

旧金山湾区的畅想

陈其[*]

岁月如梭，我自美国学成归来已二十余载。女儿早已定居旧金山，近年连添儿女，我们老两口终未摆脱赴美照顾第三代的命运。近十年间，我们频繁往返于太平洋两岸。这种高密度的往返与穿越，使我得以及时观察中国和美国的实时变化。通过观察，能够横向对比各自的发展，纵向进行历史追溯，由此产生新知，升华感悟。

"中国佬"的刻板印象

旧金山的确是座美丽的城市，气势非凡的金门大桥、绚丽多彩的花街、沸腾的渔人码头、热闹的联合广场、神秘的恶魔岛、高耸的泛美金字塔、典雅的维多利亚式住房，等等，不一而足。然而，我最热衷的打卡地还属中国城，又称唐人街。

---

[*] 陈其，留美博士，曾任人民教育出版社历史编辑室主任。

我是学历史、研究历史的，历史人对老建筑敏感，对历史名人更是好奇。走进唐人街，只见，清朝驻美大使伍廷芳题字的冈州总会馆，依然完好如初，赫然屹立。走到这里，我暂时忘却了周边的热闹和喧嚣，沉浸于历史，回想起清末民初时期的唐人街，一幅幅华人群像呈现在脑海。

19世纪50年代，美国的铁路建设紧锣密鼓，淘金热潮如火如荼，急需大批廉价劳动力。而彼时之华夏，内乱频发，灾祸连连，民不聊生。大批广东农民，为了生存，作为契约工，身负"猪仔""苦力"的蔑称，背井离乡，在肮脏拥挤的海船中，与惊涛骇浪搏斗数月，终于到达美国西海岸，涌上旧金山港口。华人到达海关时，须先接受海关官员的严格医学检查。经过苛刻的体检后，他们被关押在海关隔离，有时长达数日。身体被认为有问题者被拒绝入境，须自掏腰包乘船返回，受尽了侮辱与折磨。

最初到达加州的华人主要从事两种工作：淘金和修建铁路。这两个热潮消退后，他们逐渐流入旧金山，在市中心一带聚居起来。华人男子留着大辫子，套着短褂或长衫，顶着瓜皮帽或礼帽，穿着老布鞋；女人裹着三寸金莲，偶尔在街头露面。当时此处的华人多是农民，文化程度低，只得从事"低端职业"。华人的"三把刀"，指的就是三种职业工具，即菜刀、剃头刀和裁缝刀（一说泥水刀）。顾名思义，他们主要集中在餐馆、理发店、洗衣房和裁缝店中，艰难谋生。

被称为"金山客"的华人，基本上都是广东人。在淘金和修建铁路的过程中，华人表现出坚忍不拔的精神，展示了突出的聪明才智，形象还是相当正面的。然而，聚集唐人街后，他们身上就逐渐折射出当年中国的落后面貌。当时此处不少华人吸食鸦片、抽烟，卫生脏乱差，这些不良形象，对当时正在蓬勃发展的美国及其骄傲的白人国民而言，产生了强烈的心灵冲击，使他们认为整个华人群体都是"丑陋"的。华人戏院遭到白人的无情嘲笑与戏谑："那里根本没有艺术享受的美感，节目毫无艺术价值可言。"当时，有白人学者认为："到了旧金山唐人街，我们可望看清几组明显的对比：文明与野蛮；卫生与肮脏；进步与停滞；混乱与秩序。"白人认为华人是低劣种族，根本不可能被同化。在他们眼里，唐人街只是欧美游客的猎奇之城。总之，在很长一段历史时期中，全美的唐人街，当然包括旧金山的唐人街，在美国大众心目中、在美国影视作品中，是"罪恶"的代名词。

文化冲突、种族歧视，尤其是华人在美国劳动力市场的有力竞争，也激起美国的反华情绪，促成了排华恶浪，"中国佬，滚回去！"的口号甚嚣尘上。1882年，美国开始实行《排华法案》，主要内容包括禁止华工进入美国，严格限制在美华工的居留和公民权利等。即使在美已结婚生子的华工，仍禁止获得美国公民身份。《排华法案》是美国历史上第一次针对某一特定族群的歧视性法案，后来直到1943年才废除，总共实行61年。

当年，我们的广东同胞，就是这样站在最前沿，暴露在白人好奇鄙视的目光前，长期遭受如此之凌辱。这所谓的"丑陋"，并非他们之错，而是清朝腐败落后、抱残守缺的具体展现。他们只是在为日薄西山的清朝受过，代一时衰落的文明蒙冤。当时在国内的中国人和海外华人，都在痛苦地思考，热烈地期盼：我们何时才能傲立于世界民族之林，展现一个强大国家和伟大民族的形象。

迅速复兴中的新形象

时光荏苒，日月如梭，170多年过去，世界、中国、美国均已发生翻天覆地的变化。如今的旧金山，唐人街不仅顽强生存，还繁荣发展。放眼望去，这里的中国文化传统得到进一步弘扬：庙宇、会馆和传统民居的建筑风格融合了中式古典和西方现代元素；华人保持着自己的文化传统，举办各种节日庆典，如春节、中秋节，现在又加上了中国国庆节等。走在街上，中文学校和中国文化中心比比皆是，中文、书法和绘画等中国传统文化得以教授，为传承中华文化提供了教育基础。这里的美食享用不尽，随着中国移民的迅速增加，粤菜不再一枝独秀，川菜、湘菜、鲁菜、东北菜接踵而来，这些美食不仅满足了当地华人、美国人和外来游客的味蕾，更传承了中国的饮食文化。城里常有中国戏曲、武术、舞狮等传统艺术表演，生动展示了中国文化的魅力。通过这些方式，旧金山唐人街焕然一新，成为欣欣向荣的人间乐园。

中国春节来了。我们一家老少来到唐人街，在欧风美雨弥漫的城市一隅，感受中国的节日气氛。只见大街小巷中大红灯笼高高挂，五星红旗随风飘曳，店铺鳞次栉比装饰得五彩缤纷。兴致高昂的华人、白人、

/ 笔者造访旧金山唐人街

黑人和墨西哥人等，川流不息，摩肩接踵，普通话和粤语音乐的动人旋律，烘托出热烈、祥和、喜庆的气氛。只见本地华人和来此游玩的中国游客自信、乐观、健康、阳光、时尚，往昔的长辫子、大烟枪、三寸金莲鞋早已无影无踪，仅仅收藏在旧金山华人历史博物馆里，遗留在华人的记忆里，供我们及后代去反思。

走出唐人街，我们继续向海湾方向漫步。映入眼帘的是气势宏大的旧金山－奥克兰海湾大桥。大桥的建设始于2006年，于2011年圆满完成交付，只用了五年。大桥的建设过程中，中国扮演了关键角色。上海振华重工在激烈竞争中胜出，负责大桥的钢结构制造。美方对设计提出极高标准，要求能抗八级强震。设计和建设过程中，振华攻克了前所未有的技术难题，成功建造了这座世界上跨度最大、技术难度最高的单塔自锚抗震悬索钢桥。完工后，美国民众和专家对桥的设计和建造给予高度评价，倍加赞赏。

对我而言，这座大桥更彰显了中国的基建实力。它所体现的中国的建筑理念、技术水平、施工设施等，比当年来美国修铁路的华工更加令人肃然起敬，更具强大的说服力。可以说，这座桥是当代中国在旧金山最灿烂夺目的崭新形象！

跨出唐人街，让我们把眼光拓展到更大的旧金山湾区。需要特别说明的是，经过几代人的努力，特别是对年轻世代教育的高度重视和慷慨投入，大批华人通过接受高等教育，早已改变了文化面貌。"三把刀"早已不再专属于华人了，很多华人从事的是律师、医生、工程师、公司高管和教授之类的工作。

在旧金山湾区，最出名的是圣何塞的硅谷地区——美国的高科技创新中心之一。这里拥有多家知名的高科技公司，如谷歌、苹果和英特尔等。这里有大量的华人工程师。他们当中，很多是土生土长的美籍华人，也有冷战后来自我国台湾地区和香港地区的移民。自 20 世纪 80 年代以来，中国的新移民大量涌入。他们通常毕业于中美各大名校，毕业后进入这里的高科技公司，并在湾区定居。虽然没有确切数字，但考虑到硅谷地区的高科技行业对人才的需求巨大，以及华人工程师在该地区的重要性和影响力，人数应当是相当可观的。总之，华人的地位和形象早已得到了极大改善，华人成为美国最具模范作用的少数族裔。2011年，随着中国的迅速复兴和华人贡献的日益增长，美国国会就1882年的《排华法案》向华人社会正式道歉，承认了自己排斥和歧视华人的历史性错误。

这里还有一些来自中国的公司，比如，中国社交媒体和短视频巨头字节跳动在旧金山设有办公室，专注于其海外业务的拓展，它的强劲发展和竞争力有目共睹；腾讯在旧金山也设有分支机构，主要从事游戏开发和社交媒体平台的运营；百度在旧金山设有研发中心，专注于人工智能和自动驾驶技术的研发；京东在旧金山也有办事处，主要负责其在美国市场的业务拓展和物流服务。这些公司不仅为旧金山的科技产业贡献了力量，也促进了中美之间的科技交流与合作，并进一步展示了中国科技实力和中国人的新形象。

回程时，我们走进一家大型华人超市。很巧，大电视正在播放1999年以来中国举行的历次阅兵式。通过电视，看到天安门广场的升旗仪式，宏大的阅兵场面，男兵威武雄壮，女兵英姿飒爽，军容严整、步履矫健，武器装备先进，让人震撼，很多美国人忍不住驻足观看，被中国军人展现的中国新形象和风采所吸引。我心中立即涌起自豪感，几近潸然泪下。

在一个半多世纪后，我们可以自信地说，中华民族早已重新自立于世界民族之林，彰显着一个优秀民族所应具备的能力和素质。中国新形象终于得到正面展示。

国之交在民相亲

当前，中美关系正处于关键时期。中国强调处理好中美关系三原则——相互尊重、和平共处、互利共赢。此外，还特别强调"国之交在于民相亲"。

美国已故总统尼克松游览长城时，留下这句名言："只有一个伟大的民族，才能建造出这样一座伟大的长城。"基辛格博士也是毫不吝啬地表达了对中华民族的赞赏，他说："我欣赏中国人，以及中国人的耐性、敏锐、家庭感以及他们所代表的文化。"

美国著名作家赛珍珠（1892—1973）自小在中国长大，在中国生活了17年，对中国有深刻的理解、对中国人民有深厚的情感。1962年，她在费城的一次会议演讲中说："时常有人问，为什么这么高比例的中国人是卓越的人呢？是绝对卓越的人民呢？这是因为他们的历史很久，今年是黄帝纪元4660年。在4600多年中，中国一代一代地经历过苦难、贫困、死亡，只有最强的人、最聪明的人才能留存下来，弱者都逝去了……现在留下的中国人都是非常优秀的、杰出的、伟大的、值得尊敬的人。"

其实，20世纪90年代，我在美国读书时，很多白人教授，包括我的导师迈格隆博士和美国史学史教授努彼，以及很多白人同学，对中国、对我本人都是十分友善的，在生活和学业上给予我极大帮助。他们都是极为善良的人，至今我仍然对他们深怀感恩。当时的中国刚刚改革开放，经济水平还比较落后。他们的善良，多少有些来自美国人俯视一切的心态，言谈举止中不经意间总透露出一丝优越感，以自上而下的姿态来帮助你。

30年寒来暑往，物换星移，中国经济突飞猛进，旧貌换新颜。此时此刻，我更渴望了解普通美国人，特别是受过高等教育的白领中上阶层人士（律师、医生、教师、工程师等）对中国和华人的态度究竟如何。他们心目中的中国和华人形象是否有了些许变化？

2018年秋，我们从旧金山去芝加哥。飞机上的邻座是一位温文尔雅的白人青年，可谓地地道道的"学霸"——加州大学伯克利分校商学院的本科生。得知我的身份后，他的第一句话便是："中国现在真是富了。我认为，这是中国体制的特点决定的。还有，中国人确实聪明和勤奋。我的很多中国同学都十分优秀。"

从芝加哥返回旧金山时，我们乘坐的是"加利福尼亚微风之旅"号火车，走的正是太平洋铁路，当年华工参与了其西段的修建。一路上，遇到两件令人高兴的事儿。其一，当列车驶入内华达州时，车上响起女列车员清晰而郑重的声音，她提醒观光客环顾两侧，认真介绍了当年华工经历的苦难和对美国的巨大贡献，希望美国人记住这段历史。我当时的感受真是无法言传。其二，在车上我们遇到一位50岁左右的白人女医生。她听说我们来自中国，便兴奋地自我介绍：她乘这次火车就是到

/ 旧金山的地标——金门大桥

旧金山与美国的旅行团会合，然后飞往中国。这次中国之旅从旧金山出发，共计 30 天，行程包括北京、西安、成都、重庆、三峡大坝，在长江客轮游船上度过数天后，下船再前往宜昌、上海、桂林、广州和深圳，最后从香港返美。即便对中国人来说，这都是一趟神奇之旅，既有秀美的名山大川，更有深厚的人文历史，还有东西南北的美味佳肴，是中国古代和现代文明交相辉映的美妙之旅。她还特别认真地说："我母亲在世时就告诉我，此生一定要去中国看看。"她说起她对中国人的印象时说:"我见过的中国人全都那么gracious。"英文单词gracious具有相当的褒义,是"亲切、高尚、和蔼、雅致"的意思。她对中国文化的憧憬和热爱令人感动,我衷心祝愿她行程顺利、收获满满。

旧金山湾区一带,有知名学府斯坦福大学和加州大学伯克利分校,还有闻名遐迩的硅谷,白人知识精英为数不少。一次,我们老两口从女儿家去渔人码头。旧金山的地铁系统有些老旧,对于外地人,特别是外国人而言,似乎有些复杂,换乘起来比较麻烦。在女婿带领下,我们顺利到达目的地,但他要去别处办事,让我们自己原路返回。他千叮咛万嘱咐,要好好记住换乘站的名字。我们毕竟在美国待过数年,自信心满满,根本未加重视。哪承想,回家时,还真被换乘站的多层建筑搞晕了。正当我们面露难色时,一位40来岁面貌英俊、风度翩翩的白人男士主动询问:"你们需要帮助吗?"得知我们的问题后,他不厌其烦地、认真地、语速适中地为我们指点迷津,甚至带路,并顺便说了一句:"你们是中国人吧?中国的地铁太先进太现代了,我在北京和上海都坐过。这里的地铁有些老旧过时了,真不好意思。"

又一次,在金门大桥上,我们举目四望,不禁大声赞叹:"这儿的景色太美太绝了!"不料,旁边一位头发花白的白人男子竟用中文搭讪:"你们是中国人吧?而且是北京的吧?"一句地道的普通话,让我颇感愕然,他居然还可以分辨中国的方言和口音,令我顿生亲近感。接着,他打开话匣子,兴奋地回顾了他的在华经历。原来他曾是美国某公司驻北京办事处的专业人士,对朝阳区和海淀区相当熟悉。接着,他说一旦退休，就去中国南方，如上海、杭州和桂林游玩一番。理由是，中国安全、美丽、方便、现代，人民善良，美食诱人。他总结道："In general, China is amazing.（总体说，中国令人惊叹。）"

由此突发感慨，频繁深入的中美民间交往十分重要。为打好两国和平共处的民意基础，欢迎更多的美国普通民众来华访问，深入客观地了解中国，超越意识形态界限，摈弃长期以来对中国的刻板印象，获得崭新的对中国的认知。中国人也可以去美国看看，了解美国当前的情况。两国民间通过日益频繁深入的教育、文化、体育和艺术领域的交往，可逐渐超越差别，减少误会，不断树立彼此的积极形象，慢慢筑牢中美关系的民意基础。

余言

2024年的巴黎奥运会上，中国小将郑钦文摘下中国在奥运会网球项目的首枚金牌，创造了新历史。在纽约进行的美国网球公开赛上，她受到美国球迷的狂热追捧。她以精湛的球技、顽强的精神、理性的谈吐、从容的态度，展现了中国青年一代的崭新形象。正如她自己所说："我们这一代中国人可以平视世界了。"希望中国青少年牢记历史，志存高远，谦虚谨慎，拼搏当下，擘画未来，脚踏实地地奋斗，21世纪的中国，必将以一种独特的文明新形象令世界惊羡。

伯恩茅斯的慈善商店

王萍[*]

伯恩茅斯是英国西南部著名的海滨度假胜地，拥有绵延 11 公里的壮美海岸线，每年夏天吸引大量游客前来度假。数年前，我曾在这里小住，当地的慈善商店给我留下深刻印象。

住宅区旁的主干道上，大大小小的二手商店穿插其间，有六七家之多，而市区的步行街上，几乎隔几间必有一家二手商店，密度之高，令人咋舌。店里的商品种类繁多，服装、餐具、摆件、书籍等生活所需一应俱全，有点像国内的杂货店，每每从窗外经过，见其中人影绰绰，足见生意都挺不错。

后来，我才知道这些店是由慈善机构开设的二手商店；当时，我认为它们存在的原因，大抵是因为物品价格低廉和英国人爱旧物的消费观，直到一次偶然间与房东聊起，才知不仅如此。房东告诉我，他的家具很多都是在慈善商店买的，的确便宜，但便宜不是最重要的购买原

---

[*] 王萍，《群众》杂志社编辑，设计艺术学硕士。

/ 伯恩茅斯一家慈善商店的外景

因。他说自己个子小，夫人也娇小玲珑，市面上的家具多以欧洲普通人身材设计生产，比如沙发，通常又深又高，既不容易坐上去，好不容易坐上去了又不方便站起来，只有在慈善商店才容易找到各式各样合适他们一家的家具。同时，他并不忌讳这些二手货可能来自已经过世的人，反而认为那些物品正是因为留存于世几十年或者数百年，才带着让人着迷的神秘感和故事感。这次对话让我对二手店产生好奇，就有了随后一次次的推门而入，夸张的复古饰品、充满异域风情的各色摆件，每次都让我产生如入宝山的感觉，而"淘宝"的过程也让我逐渐对这些商店有了更多更深的认识。

这些二手商店不仅在伯恩茅斯存在，还以连锁方式广泛分布于英伦三岛，是极富英国特色的商业形态。各个二手商店分属于不同的慈善机构，通过出售二手商品盈利为慈善机构筹集善款，所以人们称之为慈善商店。今天为人熟知的慈善商店样式创设于1947年，经过几十年的发展，借鉴普通零售业态管理方式，慈善商店的运作模式不断创新，由曾经从富裕家庭收集剩余产品去帮助贫困家庭的救助模式，逐渐发展成为高效、商业化、专业化的商品营销模式。

一起"淘宝"的多是退休老年人，逛久了发现好多熟面孔，似乎他们每天的活动就是一家接着一家打卡。有几次，我看到人们将装满捐赠物的老式牛津布箱子放在慈善商店的侧门，等到上班时间，店员会把箱子收进屋子。当然，更多的捐赠是在店铺里面发生。店员有上了年纪的妇人，也有希望适应本地文化、多和人交流、学好英语的留学生。一般而言，除了店长，慈善商店员工基本都是不拿薪资的志愿者。他们入职前经过培训，内容主要是工作职责、销售展示技巧，以及店内安全工作须知。志愿者日常工作是接收登记捐赠品、整理、陈列商品和收银，偶然也会上门收取捐赠物品，或者拿着捐赠箱在路边呼吁人们捐赠。

捐赠物一般在后台处理，包括分类、清洁和消毒等。捐赠物中的大头是衣物，极少数状况太糟的衣物直接作垃圾处理，一些情况尚可但并不适合在本土出售的衣物会打包出口，其他就作为织物回收。适于销售的衣物经过常规处理完毕后，还需要熨烫、整理、定价、贴标，才能上架销售，整个过程相当琐碎。定价是个技术活，一般由老员工以慈善商店零售管理部门最新发布的定价指南为依据，碰到一些成色新的大牌衣物就需要经验丰富的店长出马了。

据了解，全英国慈善商店数量超过1万家，由370多家慈善组织营运，他们既面临来自普通零售业的竞争，也面临慈善商店行业的内部竞争。竞争让慈善商店走上专业化、差异化发展道路。积极提升店铺装修照明、陈设水准，改变人们破旧杂乱的固有印象是必须的，不少商店会补充出售印有慈善机构标志的全新文创产品来强化品牌辨识度。仅仅这样还不够，又衍生出专门出售特定新商品的慈善超市，如英国皇家盲人

/ 伯恩茅斯一家慈善商店的内景

协会商店，它们找供货商进货再销售，但这样的创新似乎有些超出公众的认知，导致其慈善商店的身份受到质疑。同时，也出现一些专卖某一品类二手货的慈善商店，比如，有家临终关怀慈善机构经营的家具改造店主攻抢救二手家具，店家会和意向买家一起设计改装，最终将其升级为独一无二的家具，并出售给意向买家。

随着竞争日趋激烈，一些较小的慈善机构还能够保持以志愿者为主的运营管理模式，但许多较大的慈善机构需要设置带薪的区域经理和零售负责人，并雇佣具有专业知识的带薪职员为补充。当慈善商店开设网上店铺、意图拓展电子商务时，就会需要更多的带薪职员，比如在线销售人员和仓库工作人员。高昂的运费加上人工费，让慈善网店廉价的优势不再，只能错位经营，侧重于销售一些高价商品，诸如绝版书籍、唱片、珍贵瓷器之类的收藏品，一些更贵的古董捐赠品还会进行在线拍卖以找到更合适的买家。

在发展过程中，慈善商店形成的轮转管理机制值得特别一提。由于区域差异，某些商品可能在这一地区销量甚微但可能在别处热销。基于这种情况，人们把展示两到三周仍未被出售的二手物品轮转到其他地区售卖，这样大大提升二手物品售出的概率，增强了慈善商店的竞争力。

每年，慈善商店都会在网站上发布自己的年报，所有的支出和收入都是公开的，其所属的慈善组织也按照英国慈善委员会要求，定期向公众公示其运营状况，这有效地增进了公众参与慈善事业的信心。

对购物者而言，慈善商店提供了一种可持续且合乎道德的选择——

在身边的小店"买买买"就可以做慈善，价格还很优惠，更能满足各种求异复古需要，买到在其他地方买不到的物品。于捐赠者而言，慈善商店能处理那些留着占位置、丢掉又可惜的物品，让它们带着旧主人的情感去服务更多有需要的人。特别是一些大件家具，若自行丢弃不仅浪费，还要支付不菲的垃圾处理费，如果交给慈善商店则不必有此担忧。对于志愿者来说，一周数小时的工作不但可以帮助人，还拥有了以折扣价优先购买超市商品的机会和假日社交活动，这些有助于带来积极的自我认同。作为慈善组织筹集资金的重要手段，慈善商店对慈善机构的意义更是毋庸置疑。可以说几乎每一个参与到慈善商店中的个人或团体，都能从中受益并感受到慈善商店带来的正向价值。这可能是慈善商店不断发展壮大甚至遍布英国主要街道的内在原因。

二战后，英国慈善组织与其他非营利组织得到了社会的广泛认可，被纳入政府的公共服务体系之中，最终形成了政府引导型的慈善发展模式。仅以税收方面的法律引导而言，一方面，慈善商店享受免征公司税、销售捐赠商品不征收增值税等优惠政策，捐赠人也可享受各种税收退减、抵扣。21世纪日益普及起来的赠予援助就是一个典型例子。赠予援助是政府用于推动慈善捐款的一项税务减免计划，让捐赠者的捐赠金额可以增值25%。举例来说，当纳税人在慈善商店以赠予援助方式捐赠1000英镑，受赠机构将能获得的1250英镑捐款，如果捐赠人是较高税率纳税人，还可以通过个税申报获得250英镑的税款减免。最终，捐赠人实际捐750英镑，慈善机构实际获得1250英镑捐助，这大大鼓励了民众和慈善机构的积极性。

慈善商店让人与物充分得到流转：人尽其才，不同的人可以各自发挥才能，获得相应回报；物尽其用，每件产品可以反复使用，直到归于自然。这是善策。

欧洲坐火车出行二三事

顾德宁[*]

  火车自从在欧洲发明和发展以后，一直都是欧洲货运和客运的重要交通载体，火车文化在近代欧洲文化和生活中占有一席之地，不少西方谚语和典故都与火车有关。我曾坐过五六十趟欧洲各国火车，其中一些经历给我留下了较深的印象。

  有一次，我在德国旅行了一个多月，堪称一次完美的火车之旅。德国铁路公司（DB）在德国城市的中央火车站大都位于市中心，附近有各类旅馆。在大多数德国城市，从中央火车站到景点、古迹、博物馆和大学集中的老城区，步行只要十多分钟。有的中央火车站一出门就是著名景点。科隆中央火车站一出站，就可看见巍峨壮丽的科隆大教堂，近在咫尺，令人震撼。再多走几步就是罗马—日耳曼博物馆等多家博物馆和美术馆。纽伦堡中央火车站出门就是老城城墙和高大的瞭望塔。有的火车站本身就是古迹、景点或观景台。在大城市，如果我找不到要去的

---

[*] 顾德宁，新华日报社记者。

/ 科隆火车站和背景里的科隆大教堂

地方,就干脆坐公交车回到中央火车站,这里是各路公交车的汇集点,重新规划路线再轻松出发。德国火车站有投币存行李的柜子,大小不等,价格便宜,为旅客提供了方便。

德国铁路公司有各类列车,快慢不一,有高铁,也有进城后转乘马路有轨车的慢车,线路密集,似乎小小村落或偏僻之处都通了火车,许多小站仅有一台自动售票机和几把椅子。我从弗罗伊登施塔特到卡尔斯鲁厄,平均五六分钟就停一站,上下几人,每一站附近都可以看到有十几户人家的村庄。不少德国人喜欢住在乡镇或村庄,在家门口乘火车到城市上班或购物。这类毛细血管般的铁路网是他们通勤和出行的主要交通方式。在德国，要去一些偏僻的小镇小城，可能没有公交大巴，却通火车。

德国火车大多比较空，没有对号入座，但可网上预约座位，要多花几欧元。如果座位上有红色预约标志，一般就没人去坐了。上火车无人检票，也无安检，但火车上有人查票——佩戴德国铁路公司标志的大叔或大妈在车厢里巡游，乘客会主动给他们验票。车站有多个月台，乘客按站牌、时刻表或德国铁路公司问讯处的指示，也可通过手机访问德国铁路公司网站，找到自己要乘坐的车在哪一个月台。车前没有列车员，自己按按钮开门上车。德国火车的门很大，与地面齐平，方便轮椅进出。德国人酷爱骑行，全国有漫长的骑行道，大都与铁路线伴行，可有些地方因桥梁、隧道或河流中断，骑行者就要搭乘一段火车，火车允许带自行车，在车门附近有专门放自行车的空间，或指定放自行车的车厢。

德国铁路的火车票通常是一天之内可多次乘坐的，如果错过一班车，可查看时刻表或询问工作人员，等下一班车就可以了。双休日或节假日，德国铁路公司会减少一些地方车次或不去某些地方，遇到这种情况，它会安排专门的汽车，把乘客送到目的地。

德国铁路公司火车的二等座位高大宽敞，所以一节车厢里的座位不多。有好几次，我以为整个车厢就我一个人，结果一到站，突然站起来十多人，因为车厢里几小时竟悄然无声，没人打电话，没人交谈聊天，让人很惊叹能够如此安静。有几次，我特意在车厢里走走，看到岁数大的人多在看报，年轻人看手机。火车座位下有电源，有人用笔记本学习或办公。尽管这样安静了，火车上还设有免打扰的安静区。

我在芬兰坐火车的经历也很有意思。芬兰首都赫尔辛基中央火车站位于市中心，火车站的候车厅也不大，因为乘客不需安检和验票，多数人会在各路站台上候车。车站地下隧道直通城市地铁站和各路公交车。每天在这里上下车的乘客有差不多 20 万人，但看不出拥挤和混乱。

乘客在自动售票机购票，机器旁站着几位身穿苹果绿马甲的芬兰铁路工作人员，随时准备提供咨询和帮助。大概看我在自动售票机前选择时有点迟疑，一位"苹果绿"姑娘笑盈盈地问我是否需要帮助。我说我要去罗瓦涅米，就是传说中圣诞老人的故乡。她告诉我，从赫尔辛基到罗瓦涅米，行程 877 公里，多数人选择晚上八点发车、次日早晨七点到达的这一班，往返车票最低要 136 欧元，是坐票，但椅子高大舒适，可以半躺着。座位有面对面的，是结伴出行的年轻人最爱。有的椅子可以

/ 赫尔辛基中央火车站

转向窗户，方便乘客欣赏沿途美丽的湖泊和森林。卧铺往返车票约200欧元，带淋浴卫生间的另加10欧元。宠物、自行车和轮椅都可以带，但要事前说明，接受安排。她建议我选无狗无烟车厢卧铺下铺，不要淋浴，我欣然同意。

芬兰铁路是国营的，有不同的列车类型，也有快慢之分。赫尔辛基到罗瓦涅米是双层快车。每节车厢分上下层，每层有六七个包厢，包厢里有上下铺各一张，我买的下铺，上铺没人，于是包厢成了我的包间。

我将包间里里外外细看一遍，发现上下层的楼梯宽大，台阶低，两侧有椭圆形或高或低的不锈钢扶手，这是照顾不同身高旅客的需要，比如，孩子可扶低的。而且扶手无处不在，过道、拐角、卫生间内外都有粗大的高低扶手。车厢过道比较宽，有可放下的凳子，当你坐着时，其他人可以方便通过。卫生间宽敞得有点奢侈，冷热水盥洗设施齐全。

车厢过道和包厢里贴有整个车厢的设施分布图和逃生路线，一些玻璃上贴有跑步的小人和红色圆圈，下面备有可砸碎这块玻璃的锤子，附有芬兰语、瑞典语和英语提示，向旅客说明这是逃生的紧急出口。我这节车厢贴着上面有一把叉的狗狗和香烟图像，意思是无狗和无烟车厢。每节车厢的门也都很宽大，可与站台齐平，方便轮椅和自行车进出。停车时，乘客进出车厢时，自己按绿色按钮开启。发车前几分钟，门自动关闭。包厢里体现北欧简约风格，但要用的东西一个都不少。包厢有公用的照明，上下铺还有互不影响的床头灯。每个铺位有两个手机充电插头，插头下面有两个小壁龛，方便放手机等。床头一侧有微亮的钟，躺着可以看到时间，还可以设置闹铃。空调可以自己调节。包厢窗户旁有可折叠的小桌和凳子，下面是新换了袋子的垃圾桶。列车播音喇叭可调节音量。有固定旅行箱的带子。上下铺的梯子有三层很宽的踏脚，间隔很小，几岁娃娃都可以爬上爬下。上铺不仅有很高的防护栏杆，还有两根安全带。床上整齐地叠着干净的枕套、被套和床单，颜色是芬兰铁路标志性的苹果绿。床头正对着窗，舒舒服服半躺着，就可以看到窗外的景色。包厢的钥匙是打满孔的卡片，门前有图文，提醒旅客出门带卡。

从罗瓦涅米返回赫尔辛基时，还有点戏剧性。也许是列车员看我白发斑驳又孤身一人，抑或是看出我流露出的疲惫，竟主动提出给我换间包厢。包厢仍然是我一个人，但比来的时候要大许多，门是感应的，进出自动开启，插卡则锁住。如果感应打不开门，还有紧急开门按钮。对面就是卫生间，又紧挨着车门，到哪儿都方便。室内插头很多。仔细观察里面的设施后，我明白了，床头多了一个伸手便可触及的SOS红色按钮，按钮下面还有一节拉绳，用三种文字提示：呼救时可用。让我最有感触的是，拉绳不是直溜的，而是下端固定的环形，预防拉绳时拉滑了，环形能钩住。我曾就读医学院，又做过医生和卫生记者，知道如果用直线的呼救绳，有些心脏病、哮喘发作和脑血管意外的患者会手滑抓空，而圈绳要保险许多。芬兰铁路这种做法，真正体现了"细节是天使"。

（本文原载于《群众》杂志2022年第4期。）

曼谷行记

郭宇 王静仪[*]

来泰国之前,我颇有些忐忑。

2023年以来,社交媒体上有关这里的"割腰子"等犯罪传言,以及卖座电影中游客被绑架的情节,再加上2023年中国国庆期间泰国首都曼谷发生枪击案,让许多中国游客对赴泰旅游望而却步。当然,也包括我。

我尽力把准备做足:把酒店订在了曼谷的华人聚集区域,订了靠谱的接送机服务,买了保险,和国内的朋友时刻保持联系,甚至存了大使馆的紧急联系电话。但在曼谷停留的几天,我的体验很难和此前的印象联系起来。无论是入境过关,还是身处酒店、景点,总能听到、看到几句熟悉的中国话、中国文字。和中国故宫地位相当的泰国大皇宫,依旧挤满了全球各地的游客,有亚洲面孔也有欧美面孔,路边的导游在乐此不疲地招揽生意,问我"需要中文导游吗"。

---

[*] 王静仪,《财经》杂志编辑,本文整理人。本篇口述人为郭宇,前《财经》杂志记者。

有天晚上，我打车去乔德夜市，曼谷司机用谷歌翻译和我聊了一整路。他说起两国领导人最近的会面；说起泰国的生活安逸闲适，除了16℃的冬天有点冷——我笑了笑，原来16℃就是他们眼中的冬天了。最后，他叮嘱我小心夜市的扒手，祝我一路顺风。

曼谷印象

曼谷给我的印象有三个：整齐体面，有较多中国元素，路上依旧有很多日系车。

乘飞机从印尼雅加达飞抵曼谷，廊曼机场附近的半空，虽然也和雅加达一样平坦，高楼不多，但许多道路都是笔直的，像棋盘格一样。从机场到酒店的路上，虽然也能看到一些比较破旧的房子，但因为行驶在

/ 曼谷街头的突突车

快速路上，房子和路之间有石墩阻隔，不是直接从人家家门口驶过，给人的感觉还比较体面。

三轮车和两轮车在泰国也很常见，会和四轮汽车混行。三轮车被称为突突车或者嘟嘟车，听起来像是尾气管道排气的声音，很形象。在泰国首都曼谷，突突车类似于中国的出租车和网约车，主要是用来拉客，车头会有个TAXI的标志，也算是路上一道别样的风景。

在泰国大皇宫附近买了颗冰镇椰子，约合人民币六元钱。摊主是位60多岁的奶奶，不大的摊位前悬挂了抽纸巾，准备了塑料凳，摊主全程戴手套操作。看你腾不出手拿纸巾，她会拽下抽纸替你仔细擦干椰子外面的水；看你快把椰子水喝完，不需要语言沟通，她拿过去三下五除二把里面的椰肉刮下来，再递回给你。

如果你打算在曼谷逛景点，那我建议还是多坐船。曼谷的景点基本坐落在湄南河两岸，一次花费5—30泰铢坐船，约1—6元人民币，比开车更快，也更便宜，还能顺便欣赏沿岸风景。船上的乘客多是来自世界各地的游客。

在湄南河上望向沿岸，近处是低矮陈旧的自建房，远处是高耸的现代化大楼，虽不一致但也和谐，陈旧和破败无关。

旅途安全

泰国的中国元素还是比较多的。不仅仅是国际航站楼、景点等地方印有熟悉的中文，这些场所的人真能讲几句中国话。入境时工作人员能说"登机牌",酒店的人能说出"押金",景区的人能说的似乎更多,"凭票进入""慢慢来""别挡道""一排排队""去哪里呀"……

此前,为促使更多的中国游客赴泰旅游,泰国发布了对中国游客的免签政策,2023年9月25日当日,泰国总理与泰国旅游与体育部部长也亲自到机场迎接中国旅客。我抵达泰国时,泰国已经实行这一免签政策半个多月,机场内办理落地签证的小房子已经大门紧闭。

但是,目前的泰国,似乎不再是中国人最爱去的国家。2023年1月1日至10月15日,中国赴泰国的客流量为264万余人次,只是预期的66%,对比2019年的1098万人次,更是减少了许多。

中国人对去马来西亚旅游的热情,已经超越泰国。根据泰国旅游与体育部公布的数据,2023年前7个月,仅有183万人次中国游客前往

/ 泰国廊曼机场关闭的落地签办理处

泰国，远远少于到马来西亚旅游的 243 万人次。

当然，物价的上涨，以及国际航班仍未恢复，对出境旅游有不利的影响，但今年国人最关注的点，肯定还是安全问题。

10 月 3 日，泰国曼谷市中心知名商场暹罗百丽宫发生枪击事件，一名中国公民不幸遇难，另有一名中国公民受伤。对此，时任泰国总理赛塔亲自前往医院看望中国受伤人员，还表达了查办事件、强化治安的决心。泰国官方也召开新闻发布会，宣布进一步加强购物场所的安检措施，出台一系列枪支管控措施，并建立公共预警系统。但枪击事件无疑会造成中国游客对泰国旅游安全问题的担忧。10 月份，赴泰的中国游客或将减少 50% 左右，将从原本预计的 70 万人减少至 30 万人。我成了这 30 万分之一。

在曼谷，我很难察觉到枪击事件对当地的影响，可能是我作为外来客的缘故，观察不够细致。碰到一位很健谈的曼谷司机，他一直跟我讲泰国的好，悠闲舒适，得知我来自中国，还向我展示他的华为手机。

我用叫车软件打了几次车后，开始尝试坐公交车，以此感受当地，也想知道到底是否安全。从酒店到公交车站台要步行半小时，我跟着导航走到了桥下的村落，却再也找不到上去的路。后来是当地人帮助了我，尽管他们听不懂英文，甚至我怀疑连手机翻译软件上的泰文都看不太懂，全靠手势比画意会，带我重新回到桥上。

事后想想有些温暖，也有些后怕。那段路会穿过贫民窟，且居住的都是当地人。一位外国面孔的女性在此问路，不免令人担心。所以，要方便省心，建议大家尽量通过叫车软件打车出行，毕竟有信息可查。

中国汽车

由于去东南亚调研的主要目的是了解中国汽车出海，所以我拿出刚去印尼时的劲头，在路上开始认真观察汽车。但我很快觉得乏味，审美疲劳了。"又是日系车，好无聊啊，我都看烦了，他们不烦吗？"我疑惑不解。

在东南亚，人们开日系车是常态。泰国每年汽车销量约百万辆，其中日系车能占到八成左右；中国汽车品牌目前占了10%左右，包括长城、比亚迪、哪吒、上汽名爵等。剩下的被美国、欧洲、韩国的汽车品牌瓜分。

好不容易看到一辆设计看着不老气的车，凑近一看，是比亚迪的ATTO 3，在国内叫"元PLUS"。说实话，在中国，高颜值的车不少，元PLUS的外观并不突出，我做不到远远一望就能辨认出是它。但当时走在那条路上，这辆车就是最显眼的存在。

和中国相比，在泰国街头你可能更容易看到皮卡。毕竟，我都在打车软件上打到了一辆皮卡车。查了一下数据，2022年泰国卖出了38.8万辆皮卡，贡献了汽车年销量的四成左右。目前，泰国是除北美以外全球最重要的皮卡市场，福特、丰田、三菱、日产等车企均在泰国建厂造皮卡，一部分由泰国本土消化，一部分出口到非洲、东南亚其他国家，以及澳大利亚等。

泰国皮卡多，是因为泰国地形复杂，有些地方路况差，再加上产业上以制造业和服务业为主，皮卡更全能耐用。除此之外，购买皮卡的税费也比较低。

当然，我最好奇的还是泰国如何看待我们——如何看待中国目前的汽车智能化水平，如何看待中国汽车品牌。和泰国的汽车经销商交流之后才知道，泰国人对于汽车智能化的认识还很初级，认为自动泊车就是很厉害的技术了，而国内已经发展到城市导航辅助、高速导航辅助等功能了。

让当地人适应汽车智能化也需要时间。曾经有一家泰国媒体，在体验了长城哈弗 H6 后说觉得这个车太吵了，开起来老是有各种提示音，比如交通路况提示等，他们显然还不太习惯车机在车内说话。

在当地调研汽车的间隙，还无意间更新了自己的知识点。来泰国前，我以为泰国"府"的概念相当于中国的省，但后来当地人告诉我，府相当于中国的市，泰国共有 77 个府。我们国内比较熟悉的曼谷、清迈，在行政级别上其实和春武里府、罗勇府是一样的，严谨来说应该是曼谷府、清迈府，但翻译成中文时，那些热门城市名称里的"府"字就没了。

位于罗勇府的长城经销商告诉我，在这个日系车为主的国家，中国汽车品牌对泰国人来说还是太新了，很多人不知道。就拿长城汽车来说，她自己第一次知道长城汽车是两三年前，因为在路上看见了一辆哈弗。但大多数泰国消费者是先看产品，再看品牌和价格，是不是中国品

/ 曼谷路边的皮卡车

牌没那么重要。无论是汽车领域还是其他领域，基本都是如此。

总的来说，泰国人对中国品牌并不陌生，在泰国的观念里，中国概念的产品已经不是新鲜事物。

离开曼谷那天，载我的司机毫无意外地开来了一辆日系车。一路上我和他聊起中国的汽车，聊起我这次来泰国的目的。他好奇地问我是不是很多中国人都开新能源汽车，我回答说太多了。

"我下一辆车也考虑换新能源车，我现在要多挣点钱。"司机说。到了廊曼机场，他祝我路途顺利，并欢迎我下次再来泰国。

生活

在别处

本科毕业入职日本养老院

刘思奇[*]

误入养老行业的小姑娘

"介护养老端屎端尿门槛低，日本人都不愿意做。"——这句话自从我选择了日本介护，就一直会听到。2023年，是我在日本从事介护，也就是我们常说的养老护理员的第五年。这五年以来，我在四国爱媛县松山市的一个短托机构担任护理，最忙的时候，要同时照顾十位老人。每位老人都有自己单独的房间，一按铃，就要去查看他们需要什么，并给到对应的支援。

介护的日常工作，包括早起叫老人起床、铺床、分饭、带他们做游戏，服务对象不分男女，哪怕是洗澡、换尿布。我2018年作为介护研修生来到日本，是日本开放养老人才劳务引进最早的一批。

和我同一批赴日的介护共有七人，我和另外一个女孩子是本科学

---

[*] 刘思奇，1996年出生于吉林长春，毕业于东北师范大学。

历,其他五个人是护理专科学校的。大家出来的想法不一,有的想找机会在日本申请永居,有的就是出国来赚钱。在日本养老院做护工,比如在东京,扣除各项开支(包括住宿费)后的净收入,月薪可以达到税后折合人民币一万元起步,对很多人来说,是一笔不错的收入。我的初衷,是来学习日本养老,计划以后回国发展。

我在长春下面的榆树市出生长大,在高考填报志愿的时候,我爸妈极力主张我选择幼师,觉得很适合女孩子,毕业之后在老家找个月薪3000元的工作,然后结婚生娃,这样就很圆满。我很抗拒那样一眼看到底的人生,非要按照自己的想法,选了一个看起来是"做好人好事"的工作:社会工作专业的福祉方向。

入学以后,才发现学校紧跟国际形势,把教学重点从社会工作转成了学习日本养老,还有去日本机构的交流和实习机会,我是这个专业的第三届学生。大学四年,就是在系统学习日本养老。就这样误打误撞进了养老行业,成了"养老人"。大学期间我算如鱼得水,没想到一向学渣体质的我,居然开始走起了学霸路线。学校开设那些介绍日本养老做法的课程,我真是很佩服,特别感兴趣。开设的课程里,娱乐活动设计和老年保健操设计,还有分析具体案例,都是我比较擅长的。大四的最后一个学期,我去了日本的养老机构实习。

在毕业那年,凑巧碰到了日本开放介护人才的研修机会。于是,顺理成章地,我就来日本了。

尽管日本有着成熟完善的养老体系,但是由于持续高龄化和少子化,导致养老行业人才缺口很大。尤其是2015年这一年，日本二战后婴儿潮（1947—1949年）出生的近600万人口，全部超过65岁，全日本有1/4的人口是65岁及以上的老年人了，而人口出生率却一直在下降。

日本厚生劳动省发出警告，2025年前，日本的介护人才缺口将达37.7万，一些行业协会甚至预测缺口将达到100万。

认识到这个问题的日本政府和各界，一直在尝试各种解决手段，如大力发展智能机器人，也对外国人开放介护工作签证、留学，引入介护人才。现在的介护来日本工作的政策更多了，比如可以申请特殊技能的工作签证，还可以来留学。

在国内，对我们专业来说，找到专业对口、薪资待遇合适的工作，还是比较艰难的。我有个同学，毕业后在长春一家小规模的养老院工作，即便升到了院长，月薪也仅有3000块，很快他便离开了这个行业。另外一个在高端养老机构工作的同学，自从疫情开始，老人们纷纷回家，原本就入住率不高的机构雪上加霜，已经快半年没发工资了。但是未来中国养老市场，我是非常看好的，这也是我想来日本的原因——学好了这边的经验，以后回国服务。

我在社交平台上开设了账号，分享自己的工作心得，还有护理考证、日语考试的经验分享。网友们的评论，很多都是很好、很可爱的祝福和鼓励，也有其他在日本福祉士的分享。但是也有"喷子"，他们会骂我：中国的老人这么多，你却跑到日本去给日本老头老太太端屎端尿。我一开始想骂回去，久了之后，只能选择性无视。我理解大家的情绪，但是不得不承认，日本养老在世界领先，虽然以后没法直接照搬到中国，但是身在其中，总能品出二三，留为己用的。其实我们的工作跟幼儿园老师很相似啊，每天带小孩，照顾他们大小便，喂水喂饭。可也没人会说，幼师这个工作真恶心，真脏。

都是人，老人比小孩的待遇真的差了太多了。所以我可真怕变老，我怕我老了以后没有像我这样的人，逗我开心，喂我吃饭，给我擦屁屁。

四年深入介乎体系：十分操劳，但方法有迹可循

我工作的养老设施，是一个包含长托和短托的入住型专业护理设施，总共分为两层。

一楼老人是有严重认知症患者的长托，虽然也有部分可以自理，但还是需要人时刻监护。有一个专门的认知症老人的共同生活住所，只能同时入住5—9人，平时会配置4—5名员工。服务比较周到、全面，所以很多老人在排队等着入住。进去后，老人可以一直住到离世。这类设施比较贵，一般费用约合人民币4800元/月。

二楼的老人是短托，老人普遍状态较好，大多数是半自理老人，头脑也都清醒。我主要在二楼的短托，如今这里住着33位老人，最多可以住60人，费用约合人民币500元/月。短托主要提供老人短期入住，提供入浴、排泄、吃饭等生活服务和机能训练，以维持和改善身体和精神功能为目的。老人们最多可以申请在此连续住三个月，但是基本上住个一两天或者一两个月就回家，短托多是为了帮家人减轻介护负担，或者家里临时有紧急情况，一时照护不过来。

我们同事分为三班，根据老人活动作息不同，不同的班次有不同的侧重内容：比如早班的需要在 6:30 到岗，然后叫醒老人；白班的介护则需要带老人们做游戏；晚班比较简单，就是值守。日本称养老为"介护"，不是咬文嚼字，这是源于如今日本养老的底层逻辑。它不是我们常规理解的养老，更像是以现代医学为基础的、针对老人的"治未病"，防患于未然，而不是简单地有病治病，或者找个地方让老人们待着、养着。

相比于偏静态的照顾型，介护是以"自立支援"为核心，是"授人以渔"的养老支持，支持老年人独立自主的长期照护，这也很符合日本人不愿麻烦别人的性格。

因而在我工作的养老机构中，对于这些能半自理的老人，是尽量采用综合的手段，从改善水分、饮食、排便、运动四个大的角度，延缓衰老的机能，预防加重。每天下午，老人有一个小时左右的游戏时间，按照介护理论，游戏能让老人们保持脑部活跃。游戏内容每天不同，规模较小，每次参加人数在 5—10 人，内容包括打保龄球、书法、插花、唱歌等。

不过现实和理想也存在一定差距。下午的游戏时间，是我相对不那么喜欢的部分，一方面用日语顺畅做游戏还是太具挑战；另一方面，大部分老人对游戏其实意兴阑珊。即便他们边打瞌睡边做，也是不能放任他们直接睡觉的，为了延缓认知症，必须让大家保持脑部活跃，着眼于长线而非眼下。

此外，让老人们跟着安排作息非常重要，如果白天睡太多，晚上睡不着到处活动，对只有一个人值守的晚班，就是大型灾难现场。

我在值夜班的时候，碰到过行动不便的老人爬出房间的，有认知症和精神疾病的老人在走道里"游荡"的，大声说话吵醒大家的，还有一回我巡夜，一回头，发现有个奶奶在偷偷喝我杯子里的水。

类似我工作所在的短托或长托养老机构，一直是日本社会的主流养老方式，大家对"老了要去养老院"是有着充分共识的。

2000年，日本政府开始着力建立完善的政府照护服务，将年轻人从照护老人的压力和离职状态中释放出来，由政府接管。落实到操作层面，流程大致是这样的：（1）日本老人年满65岁，申请老年介护保险时，须提前进行"介护认定"。（2）接下来由专门的介护支援工作人员与其沟通，制作一张介护计划书，选择利用什么样的设施以及利用次数。（3）在介护服务过程中，还要不断接受介护等级评估，制定新的介护计划。（4）无论老人和子女选择居家养老或是离家照护，不论自理能力如何，都可以得到介护体系的支持，其中主要包括上门服务和日间照料。此外，还有夜间对应型访问介护机构，主要为老人上门提供夜间服务（22点至次日6点）。

种类繁多的服务之外，老人们还可以申请住宅适老化改造，改造内容包括安装扶手、取消台阶、改装防滑地板、改装推拉门、设计便器的安置与更换等。

与老为伴：有温情，也有伤痛

和所有的职场一样，酸甜苦辣都有。有些老人其实很可怜，一点帮助他们就很知足。像是每天下午分零食，我那些日本同事就是把零食放在老人们枕边就走。有位奶奶没力气吃饭，我不忍心，就帮忙喂好，再去做下一个工作。奶奶就眯瞪着眼睛一个劲地夸我："你长得真好看啊，你爸妈一定也很好看，才能生出来你这么好看的孩子。"还有一天，一位老爷爷在手工课上，做了一个纸质的大钻戒送给我，我高兴了一整天。有时候，带大家做游戏，尽管老人们都没有兴趣，但还是会强打精神配合，等到游戏结束，他们就特别雀跃，跟我们学生时代听到下课铃声一样一样的。女性介护们，也要帮助男性老人洗澡，有些爷爷会因为自己无能而很羞愧，这个时候，我们一般会轻柔安慰他说没关系，舒缓老人的情绪。有些人慢慢就适应了，之前还碰到一个可爱的爷爷，脱完衣服，他害羞地捂住了自己，说这么多女生真的不好意思。

机构里走廊不到100米长，但我每天的微信步数都上万。陪伴老人，会让人觉得舒心，因为他们很多时候简单得像个孩子，但是也有不省心的，常常感到沮丧。曾经有一位男性老人，每次我给他换尿布，他都会暴怒继而言语攻击我，大声斥问我"是不是吃大蒜，口这么臭"。还到处声张，让我难堪。一开始以为是误会，久了发现他每逢换尿布必发作，与其说他对我不满，不如说他对自己不满，还有失去自理能力的尴尬和痛苦。数次以后，这件事传到了管理人员的耳中，我被立刻安排了休息，而那位老人则被安排离开，并被设施永久拉黑，再也不可以来这里。

养老院里，更是不缺死亡。一开始每每有人离世，我都要哭好久，现在慢慢好一些了，不会难过那么久了。

我工作的这所短托，老人基本上住进来一天两天或者一两个月就回家，然后隔一段时间再来，大部分人都不喜欢养老院，想家是几乎所有老人的心病。

黄昏傍晚，是老人想家的高峰期。痴呆症老人们会特别不安、躁动，他们其实不知道自己在哪里，但就是想回家，就会演变为让我们很无奈的举动，每隔三五分钟就会问："我什么时候可以回家？""我家里人知道我来这里了吗？""我好像没关家里的灯，你能给我儿子打个电话吗？""我家里门没锁，我要回家看看，我家就在附近，我自己回去就行。"有个奶奶说："我家就在附近，你陪我回去吧？"但我们其实是不可以这样做的。

还有一个奶奶，知道我是外国人，就老问我：你什么时候回家啊？你妈妈应该很想你吧？其实她是想自己的儿子、孙子和重孙子，他们以前有来看过奶奶几次，小小的孩子在机构里面欢声笑语，为我们的工作也增添了一丝色彩。自从疫情开始，我们养老机构就禁止家属探视了，到现在，大概有两年半了。为了防止老人不小心走失，养老院通往外面的大门都是带着密码锁的。这么多年，只有一个老太太例外。她自从来了设施以后，基本不回房间。每天跟着我，我在食堂写记录，她就看着

/爱媛县街道上的房屋（视觉中国）

我写记录。我叠衣服、收拾围裙，她就在旁边和我聊天。她说，她喜欢在养老院，这里很热闹，回了家只有她自己，孩子都在外地，她一个人太孤独了。这些能长期住在养老院的老人，长寿、有钱、却可怜，有孩子的老人，比没孩子的更可怜。

其实我们大家集体讨论过，最有挑战性的应该就是认知症患者和头脑清醒但是暴躁又喜欢折腾职员的老人；设施最喜欢的大概就是完完全全的自理老人，或是老人卧床没有自我意识的……这样可能活儿累，但是心里真轻松。可是，易地而处，我不愿这样"招人喜欢"地老去。我虽然立志以养老为事业，但是并不打算长居一线。一直背负老和死从而也变得暮气沉沉，或看惯生死变得麻木，都不是很好。

未来，我希望可以在日本留学念研究生，目前我的目标专业是社会福祉专业，这个专业不仅仅只是照护老人，还有自闭儿童、问题青少年、边缘人群、残障人士。我是家中独女，希望 30 岁能回国，开设福祉培训学校，或者去学校当老师，将日本的养老经验带给更多的人。

自从知道我做养老以后，亲戚们都会嚷嚷着说，以后开一个养老机构大家一起养老，不过我自己还是觉得居家养老最好，有自己熟悉的家、熟悉的生活。

初涉新加坡的外卖生意"江湖"

郭照川[*]

2022年8月之后，新加坡的热度居高不下。媒体报道和网络讨论如"中国投资人在新加坡""新加坡为啥突然火了？"等等，让更多人把目光聚拢向这片土地。

现在的新加坡，不仅是各大国际会议和商务饭局的聚集地，好像也成了中国人出海的首选地点之一。

但很多人可能意识不到，如果你真的来到新加坡，首要面临的两个问题就是："当地用的外卖软件是什么"，以及"打车用哪个软件方便"。

当然，你得到的回答可能是用Grab。Grab是东南亚本地生活巨头，除了外卖点单，还有GrabTaxi的汽车、摩托车打车功能。但中国人，还是想要找到开在新加坡的中餐馆，叫到合胃口的中餐外卖。

所以新到新加坡的游客或是商务旅人，都经常被种草一款名叫"唐

---

[*] 郭照川，"霞光社"微信公众号记者。本文口述者为田野。

/ 不眠的新加坡夜晚有无数饥肠辘辘的"中国胃"

人街外卖"的软件。上面几乎涵盖了所有在新加坡的特色中餐，既有川湘菜、东北烤肉、冒菜、火锅串串、小尾羊这样的地方菜系，也有国内随处可见的品牌，还有巷子里的当地华人特色小店。

到了中秋、端午、春节，在狮城的外卖生意就更火爆了。不少华人或出海东南亚的中国人，会在新加坡几个最大的中餐馆，点上一桌十几个大菜。而这些节日菜肴也都同样可以通过中餐外卖软件下单，再由新加坡的外卖小哥跨过十几公里的路程送达，以抚慰在外漂泊游子的"中国胃"。

每当这个时候，这家外卖平台的开发者田野都会忘记自己是老板，急急忙忙跑到餐厅后厨催餐配送。霞光社和田野聊了聊他在新加坡创办中餐美食外卖APP的故事，以及他这些年在东南亚的事业和生活。

在新加坡做外卖,"卖水给淘金人"

决定去新加坡创业是在 2019 年。在这之前,我从新加坡国立大学毕业后,回国待了两三年时间,当时感觉新加坡有创业机会,就又回到那里。

此前在东南亚的生活中,我发现当地外卖市场的成熟度是远逊于国内,尤其是中餐外卖,很多我们小群体中非常喜欢的中餐馆,在当地的主流点餐软件上根本不出现。而如果用电话下单,那些中餐馆小店又会因为距离太远而无法配送。

于是,我们开发的中餐外卖平台 Deliverychinatown(唐人街外卖),就在 2019 年 7 月正式上线了。

这款 APP 几乎是新加坡最早上线的华人外卖之一,主要竞争对手包括东南亚最大的外卖平台 Grab,新加坡的星食客、HungryPanda(熊猫外卖)以及被其收购的马来西亚的 Easy 等。

对于刚来东南亚国家的国内商业精英和投资人来说,如果吃不到合口味的中餐,生活舒适性会大打折扣。使用当地的外卖软件自然也没有问题,但英文菜单和无法预测的菜品口味,又成了阻碍下单的最大难点。

我们就像"淘金热"中那些卖水给淘金者的人。淘金者纷纷涌入暗藏黄金的热土,而我们则为这些梦想家服务。

在新加坡,中餐外卖客户的平均客单价很高。许多高净值客户一次下单，客单价就可以达到几千元人民币。有一次新加坡国庆，我亲自开车送了三单新加坡滨海湾金沙酒店的中餐外卖订单——这几乎是新加坡最高档的酒店之一，这几单加起来菜品价格都能达到 5000 元人民币以上。

Grab 只做三公里之内的配送，三公里之外用户甚至看不到自己想吃的店铺，所以很多远距离中餐的订单都难以送达。而我们完全可以满足全岛中餐外卖配送和海外华人订单需求。有时候送餐路程可以达到二三十公里，而这部分超出的运费，都是由用户和平台来分担。

在新加坡，有不少追求生活质量的居民和游客，都愿意为了一口好吃的，花费更多的运费，让人把美味从二十几公里远的地方送过来。再加上这三年来，新加坡的外卖市场的成熟度，在当地疫情的影响下发展飞快，当地用户也开始更多地接受外卖点餐这种模式。

比如说在新加坡，就有一家很好吃的湘菜，很有名。而这家餐厅的客户几乎是遍布全岛的新加坡华人和国内来客。那么大家就会算一笔账，如果大老远打车来吃饭，路费可能也同样超过 20 新币（折合人民币 100 元左右）。这样一来，叫外卖反而更划算。

当然，远距离配送，有时也会带来一些问题。比如新加坡常常下雨，遇到下雨天再加上路程又远，餐品送达需要一个半小时甚至更久。在我们刚刚开始创业的时候，遇到这种天气，不管是老板还是员工，都要全员出动干外卖小哥的活儿。

每年春节我都会跑出去送餐，这三年几乎一个完整的春节都没过过。大家点的全是中餐大菜，一个订单多达十几道菜，导致餐厅出餐特别慢。我只好等在餐厅门口，拨视频过去给客户解释，向他直播厨房做菜进程。

来新加坡的国人在点外卖的时候，其实有很多明显特征，比如说传统节日点单非常多，平均每个订单的总额又很大，完全超出了我们国内点外卖的想象。有时候我还能接到客户打来的电话，告诉我："下雨的时候你一定要开车，小心路滑慢点来。"高素质的客户群体也让人感到很暖心。

Deliverychinatown 的东南亚用户量，现在已经到了 40 多万，其中在新加坡的用户就超过三分之二，里面大部分又都是来此创业和定居的华人。

"新加坡热"不仅推动了当地经济，也成就了一批批像我们这样的"卖水人"。

把"砍一刀"复制到新加坡，能行吗？

我记得，在新加坡读书的时候，中餐厅远没有现在那么多。

十多年过去了，在新加坡的中餐馆越开越多，越开越大。中式基因非常浓厚的正宗中餐馆不在少数，受中式餐饮文化影响的餐饮甚至达到了上千家。

除了新加坡，同样在东南亚的马来西亚首都吉隆坡，这几年的中餐厅也已经增长到了几千家。东南亚中餐文化的渗透，已经超过我们的想象。粤菜、川菜、西北油泼面……中餐新店不断在当地开业，中式餐饮文化已经席卷了这个新移民地区。在我家门口的早餐店，现在卖得最好的，就是一种麻辣口味的意面。这明显就是受国内餐饮习惯影响，意面都被做出了麻辣味儿来。

虽然大量出海人把国内的点外卖习惯，已经"平移"到了东南亚来，但事实上，在东南亚做外卖，还是和国内有很多不同。

东南亚地域发展很不平衡，如果只看新加坡的话，现代化的繁荣程度实在非常高。而如果把目光投向印尼、马来西亚、越南、文莱等其他东南亚国家，则各地的发展呈现出明显的不同，地域性的文化差异更是明显。

首先是在确认方式上，东南亚的本土用户和国内来的短期客人使用习惯就有很大差异。比如说，许多当地人会使用外卖的网页版来点餐，点餐完成后通过发邮件给用户确认。而许多刚从国内来的用户，就完全不适应用邮件来收通知，导致找不到自己下的订单，于是疯狂给我们打电话。

另外，我们的"混点"方式，也让许多国内来的新用户觉得很新奇。比如说，同样是选择 Deliverychinatown 内的饭馆点餐，不同于国内一个餐厅下一单的模式，在这里可以几家店一起点，让外卖小哥来跑腿。比如说可以先点一家店的韭菜盒子，再点第二家店的羊肉汤，然后点另外一家的凉拌菜，最后来个酸奶水果，一次全部买齐。

其他的差异点则更加具体，例如从东南亚的点餐习惯来看，大家都不太喜欢阅读文字,所以我们会尽量减少 APP 上的文字比例,换成用大图展示菜品。

而我们最成功的"模式复制",是在我们的外卖软件里加入了"砍一刀"。

国内的互联网行业已经非常发达,我们一部分的研发团队也还留在四川成都。从国内到东南亚的许多出海产品,都输在了不够本地化,但优势是可以吸取国内已经成熟的互联网玩法。

在新加坡点中餐外卖,其实最让人头疼的是运费太贵。根据用户的配送距离算实际运费的话,一单运费可能要超过新币 16 元(约合人民

/ 忙碌中的外卖配送员

币 80 元）。很多用户会觉得很贵，尤其是在节假日点外卖的高峰期，可能还会面临运费加价，甚至加价都找不到接单的外卖小哥来配送的情况。

后来我们就引入了运费"砍一刀"，通过把外卖订单发给朋友砍掉运费价格，平台虽然承担了更多的运费成本，但很好地实现了用户中的裂变推广。

这种模式在国内已经验证成功，只是现在已经很少用在外卖软件的用户获取上了。反而在东南亚的用户裂变上很好用，短时间内帮我们实现了很多自然增长用户。

从"孤独出海人"到"中式生活迁移"

在新加坡创业三年来，我也有不少感触和体会。

出海人在远离故土的地方，第一个要面临的问题必然是孤独。

中国人在海外是很喜欢抱团的，海外群体、华人群体一般都比较集中，所以想做面向东南亚国人的业务，口碑积累很重要。比如说在当地疫情期间，我们还在当地华人圈子里，发起过团购烧鸭、水果等服务，主要帮助大家解决团购商品配送和供应链采购的问题。虽然管理零散的当地"团长"非常花费力气，但是对于我们的口碑传播是个挺好的机会。

在东南亚做外卖，获客相对顺畅，而难点在于商家侧的接洽。

许多国内餐厅事实上需要外卖的流量，外卖收益占的比重很大。尤其是新餐厅开业，需要外卖的渠道辅助来打开市场。但对于许多东南亚本地餐厅来说，对外卖的依赖其实没有那么重。

尤其是东南亚当地的中餐厅，大多已经完成了自有食客和粉丝群体的积累，并不需要通过外卖平台来推广和获客。食客如果想订外卖，直接给商家打电话就可以实现，并不需要交给外卖平台大量的佣金，这笔支出反而成为他们的负担。

我们推进的重点，从国内经验中外卖软件起步期的"教育市场"，转变为了花费很多精力去"教育商家"。所以，在和商家的合作中，高水平的服务质量和融洽的合作关系，才是让当地餐厅对我们保持信任的关键。

为了适应当地商家的需求，我们推出了餐饮独立站技术服务品牌MEUU。这种餐饮商家独立站模式是纯粹的面向商家的服务，为商家和餐厅提供技术服务本身也是一个极大的市场。两者结合，才能发掘美食并且把美食送到顾客手里。

我们面临的另一个难点是，新加坡骑手资源其实一直处于紧缺状态。虽然外卖配送工作的薪酬并不低，如果努力配送的话，"月薪过万"同样不是梦，但大多数来到这里的年轻人，都想在摩天大楼里从事更体面的工作。

另一方面，东南亚本地的外卖小哥对于工作的严谨度，也是远远不如国内的。甚至偶尔还会遇上外卖员接到客户订单后，自己却先去不紧不慢地吃顿饭，再去配送外卖。

国内外卖市场太"卷"，新加坡的外卖小哥又过于散漫。事实上，我们当下的业务还有很大的扩张余地，未来前景也非常可观，但就是受限于骑手的短缺，我们都不敢把业务量推到更高。

我们招聘的口号是"占山为王，吃喝不愁"。

当初刚开始做"唐人街外卖"的时候，我其实想得比较轻松，就是想打造一个技术平台，实现"有唐人街的地方就有唐人街外卖"的梦想。

这两年慢慢做下来，团队从平台运营到为商家提供独立站，终于努力找到了一条独特的路，把目标也专注在了中餐外卖和海外生活赛道。

越来越多的汉字招牌在东南亚城市的街头林立，出海人所带来的文化传播已经潜移默化发生。当麻辣烫、港式早茶、毛肚火锅、酸辣粉、凉皮、炒面、烩面、汤面都在出海人的影响下成为当地常见的餐饮之后，离"中式生活方式"的迁移和感染也就不远了。

新加坡最近是真的很"热"，从我们外卖平台的增长数据上，更是感受明显。

而我认为，新加坡的这种热度会辐射整个东南亚，目前马来西亚和泰国的市场都已经感觉明显受到"新加坡热"的影响。

对于我们来说，更多国内优秀的餐饮企业落地东南亚，对我们来说也是一大利好。在帮助品牌完成市场调研、招商引资、品牌推广等方面，都呈现出极具潜力的市场契机。

回想起 2019 年的夏天，我在赤道吃到了老北京冰糖葫芦，在糖葫芦入口的那一刻，突然感觉热泪盈眶。

做外卖其实是一件很辛苦的事情，运营工作繁重。但是，也没有什么比美食更能快速实现文化传播。希望我们这些海外移民不管走到哪里，随时都可以吃到一口家乡菜。这可能就是我做中餐外卖的意义。

（本文原发表于"霞光社"微信公众号 2022 年 10 月 21 日，原标题为《我给新加坡华人送外卖，一趟 5000 块》。）

跨越国界的关怀：坦桑尼亚历险记

徐墨[*]

在坦桑尼亚的达累斯萨拉姆，一个普通的午休时间，却因一只猫咪的意外"攻击"而变得不平凡。我在达市调研期间，不幸被猫咪抓伤，伤口很深且流血不止。然而，我却又很幸运地得到了当地医生热情、及时而专业的帮助。正是这次意外，让我有机会亲身体验到坦桑尼亚人民的善良与热情，中坦两国关系长久且深入的友好关系在这一刻得到了具象化的体现。

构建信任：体验异国他乡的紧急救助

在坦桑尼亚，午后的阳光透过树梢，洒在这座充满活力的国度。这是我来到坦桑尼亚的第二天，我正沉浸在对这座城市的探索中。走着走

---

[*] 徐墨，北京外国语大学国际教育学院讲师，教育学博士。

着，我低下头，与一只猫咪相遇。它柔软的皮毛和好奇的眼神，让我忍不住蹲下身来，试图抚摸它的后背。然而，它突然转身，露出了锋利的爪子，在我的小臂上留下了深深的伤口，鲜血瞬间流出来。那一刻，疼痛与惊慌交织，让我感到了前所未有的无助。

在紧急情况下，我想到了我的好朋友——敖缦云教授。她不仅是我在北京的邻居，更是我在坦桑尼亚的"守护神"。她深耕坦桑尼亚研究多年，曾长时间在达累斯萨拉姆大学和桑给巴尔国立大学学习、工作，不仅精通斯瓦希里语，更熟知当地情况，拥有良好的社会关系。我立刻请同事拨通了敖教授的电话，声音中带着一丝颤抖："我被野猫抓伤了，伤口一直在流血，附近有没有靠谱的医院可以处理？"电话那头，敖教授的声音平静而坚定："别担心，我来帮你。告诉我你的位置。"她的镇定自若，如同一股力量，让我在慌乱中找到了依靠。敖教授不仅迅速帮我联系了医院，还详细指导我如何在当地就医。她的每一个指示都清晰明了，让我在这个陌生的国度里，感到了前所未有的安心。同时，敖教授想到了她的朋友曼苏尔先生，一位对中国充满热情的当地商人，他的商店里摆满了坦桑尼亚的瑰宝——坦桑石。他曾多次访问中国的广州、上海、香港等地，也因此对中国人有着一份特别的情感。曼苏尔先生得知我的情况后，立刻安排了车辆和熟知本土路况的司机，将我送往附近的一家医院接受治疗。在我上车之前，他还特别叮嘱我用消毒纸巾按压伤口，把污血尽可能地挤出去，以降低感染的可能性。

/ 阿卜杜勒医生（右）和笔者的合影

构建关怀：感受医院中的温情与关怀

当我踏进医院的大门，心中不免有些忐忑。在医院引导台的指引下，我前往挂号处，开始了我在坦桑尼亚的紧急就医之旅。在挂号处排队时，一位身穿深蓝色工作服、脖子上挂着听诊器的年轻医生向我走过来。他注意到了我的不安，主动上前帮我与工作人员沟通，确保我的信息顺利注册进系统。巧的是，这位善良而又热心肠的年轻人，正是我接下来要帮我诊疗的医生阿卜杜勒。他得知我来自中国，眼中闪过一丝惊喜："中国，我知道！我去过中国，那里人很好，还有很多好吃的。"他用中文"你好"跟我打招呼，并且告诉我，他一直梦想有机会到中国进修，学习更多的专业知识和技能。

在阿卜杜勒医生的引导下，我进行了一系列的检查。他不仅忙前忙后帮我办理各种手续，还特别嘱咐护士在注射狂犬疫苗时要小心，尽量减轻我的疼痛和不适。测量完血压和其他基础数据后，阿卜杜勒医生带我到他的办公室进行详细问诊。他的办公室虽然简单，但干净整洁，每一处都透露出他对医生职业的热爱和对病患的尊重。他详细查看了我的伤口，询问了我的过敏史和其他健康细节，然后为我开具了五针狂犬疫苗、药片和药膏。在治疗过程中，他特意放慢了语速，多次重复关键词，确保我能够完全理解他的指示。他的每一个动作，每一句话语，都充满了对患者的关怀和尊重，也让我对治疗充满了信心。最后，我将包里的一袋中国肉酱面作为小礼物送给了他，并将我的名片递给了他。我对他说："特别感谢你的帮助，你让我在坦桑尼亚感受到了家乡般的温暖。"阿卜杜勒医生非常开心，说我不仅是他治疗的病人，更是他愿意全力帮助的中国朋友。我们约定未来他到中国，我会带着他游览我的家乡北京。

构建桥梁：深化中坦友谊的发展与长存

坦桑尼亚是非洲的重要国家之一，也是中国的老朋友和好朋友。中坦友谊因坦赞铁路而深深扎根于两国人民心中，中坦务实合作在构建中非命运共同体理念的指导下结出丰硕果实。2024年是中国与坦桑尼亚建交60周年。我有幸在这个具有历史性的时机到坦桑尼亚访问，通过亲身经历最直接和深刻地感受到中坦人民的友谊和互帮互助。就像我的好朋友敖缦云教授，她曾经多次为坦桑尼亚最高领导人担任翻译，包括现任总统哈桑和前总统基奎特等，还曾在坦桑尼亚桑给巴尔国立大学教授汉语，前前后后在非洲工作生活过六年多。她用中国女性的温柔视角去观察和记录非洲的乡村和城市，用当地人听得懂的语言去沟通交流，给当地的人们讲述中国的故事，也给中国和世界的人们讲述她在非洲的传奇经历。阿卜杜勒医生，又像是人文交流和文明互鉴的另一面，他面对一个来自遥远国度的病人，用他特有的人文关怀告诉我不要害怕，在坦桑尼亚有他可以来帮助我。我们的交流超越了单纯的医生和病人的关系，反而成为一种文化上的交流和心灵上的互动。

民心相通不是简单的口号或者遥不可及的目标，而是需要像敖教授

/ 笔者给达累斯萨拉姆大学的学生做讲座

和阿卜杜勒医生这样的人，在帮助他人、释放善意的过程中建立人与人之间的深层次联系与信任，用知识和技能构筑双向沟通的坚实地基。这次经历让我深刻感受到，中坦友谊不仅仅是两国政府之间的合作，更是深深根植于两国人民心中的情感纽带。这种情感不会因为国家不同、肤色不同、语言不通而产生隔阂；这种不同反而会激发更强的好奇心与吸引力，让两国人民的友谊变得更加多元和精彩。

作为中非大学联盟交流机制中方秘书处副秘书长、北京外国语大学国际教育学院的教师，我的日常工作就是研究和介绍世界各个区域和国家的教育，尤其关注非洲和中国的教育合作与人文交流。我有幸在中坦建交 60 周年这个历史性时刻，以我的亲身经历，见证并传递这份历久弥新的友谊。

我的故事是中坦友好的一个缩影，敖缦云教授和阿卜杜勒医生的善举，是中坦人文交流的美好见证。在未来的日子里，我将继续我的研究和教学工作，用我的专业知识和亲身经历，为促进中坦教育合作和人文交流贡献力量，共同书写中坦友谊的新篇章。

派驻墨西哥的记者生涯

蒋政旭[*]

我关上手机网页,抬头看了看正在开车的墨西哥记者,问他:"在墨西哥做记者,你会担心自己的人身安全吗?"盯着红灯看了几秒,他耸了耸肩,最后慢悠悠地说:"如果你热爱你的国家,热爱这份事业,你就不会害怕。"

当时(2019年),为完成国内两会的约稿,我们正驱车前往墨西哥首都墨西哥城旁的小城普埃布拉,去采访当地一位经济学教授。窗外急速掠过杂乱无章的街道,"违规乱建"的房屋,形状模糊后统统变成向前的平行线。远处冒着烟的活火山和头顶自由生长的蓝天白云,静默地凝视着这片土地上的喜乐悲欢。

墨西哥就是这样,曾经辉煌继而衰落,现今的墨西哥,像到了入海口的河流,泥沙沉淀后,浩浩荡荡地蜿蜒着,不疾不徐地发展着。即使保留着曾经如日中天的根基,却不堪近年来的毒枭泛滥和发展滞后;即

---

[*] 蒋政旭,欧莱雅集团产品经理。

使破败不堪，却依然被历史文化和现代元素装点，只能如今这般混乱地和谐着。

初到墨西哥

三个月前，我有幸被国家留学基金管理委员会选派新华社拉美总分社担任实习记者，来这里也已经有一个多月了，对墨西哥的认知也有了很大的改观。

飞机降落之前，我对墨西哥的印象也停留在枪杀、毒贩以及传染病

/ 新华社拉美总分社演播室一角

上。相信很多人都和我一样，或多或少会担心自己的人身安全。

但实际情况并没有那么夸张。这里的人热情好客，也热爱生活。走在街上会有无数人向你问好，尽管你们互不相识；周日政府会规划出一整条城市主干道让民众跑步、骑车锻炼；随处可见的艺术品集市和历史文化博物馆用各自的方式定格时间与美。

35项世界遗产、近30个保护当地历史文化的特色小镇……尽管这个被誉为"上帝在这里打翻了调色盘"的国家面临着政局不稳、贫富差距大等问题，但当地人对大自然的尊重、对本国历史文化的热爱还是会让她犹如"乱世佳人"般在神秘的色彩中位列世界遗产大国。

尽管如此，因为曾经发生过本地雇员被在总分社附近被抢劫的先例，我还是被告知出入要上报、夜间禁止出行等注意事项。就在三周前总分社附近还发生了枪战。巧合的是，我每天都会接触到很多关于枪击事件的稿件——我来这里完成的第一篇稿件就和墨西哥著名旅游城市坎昆枪击案有关。

如果在墨西哥其他城市，甚至拉美地区其他国家，这样的危险事件就更多了，以至于我还在大惊小怪的时候，本地雇员却告诉我这已经没什么值得报道了。

适应工作节奏

截至目前，我已经完成了包含视频、音频以及文字在内的37篇稿件、三次外出采访、一次直播、一次两会报道，涉及中文、英语和西班牙语三种语言，制作的视频还曾登上微博热搜；业余时间，我还担任了部分中国编辑记者的西语教学工作。实际上，这些看起来紧锣密鼓的工作只是整个总分社工作量的沧海一粟，每个人都像拧足了发条的齿轮一样，在自己的岗位上高速运转着。

我每天和两个中国外派记者以及八个本地雇员一起工作，主要承担音视频部分的工作。因为地球圆润的体型，墨西哥城时间比国内晚14个小时，我们的新闻总是会有点滞后。因此我们需要在北京时间上午八时之前尽量完成所有稿件并传回国内。这也要求拉美地区记者和总分

/ 采访的现场布置

社编辑要对工作更加熟悉、培养更高的新闻敏感度以及多媒体工作熟练度。

这直接增加了编辑的工作量。我在完成一篇稿件的时候，往往需要通过现场视频核实，查阅大量网络资料，有时甚至直接联系雇员，以确保信息正确、完整。

这里还有一所拉丁美洲最好的大学——墨西哥国立自治大学。其政治与社会科学学院下的传播系设有的学科基础课包括传播学理论、墨西哥传播史及近现代传播研究、新闻史、传播研究方法与技巧、视觉传播理论、政治舆论研究、音视频研究等；选修课分为媒体、视听生产、传宣传组织、舆论四个方向，设有新闻图表研究、新闻摄影、视听新闻媒体研究、广告研究、媒体战略等课程。

该大学为墨西哥新闻界培养了大批人才，如著名记者卡门·阿里斯特吉、埃莱娜·波尼亚托夫斯卡、哈维尔·索罗扎诺，墨西哥首位电视新闻男主播雅科布·扎布卢多斯基，著名记者、《至上日报》编辑胡里奥·舍雷尔·加西亚，等等。

如果你要问我在墨西哥当记者是什么样的感受，我想我应该和所有外派记者一样，是辛苦并快乐的。我们只身来到陌生的国度，从适应新的环境开始，就要高效而沉浸式地投入对当地文化的学习、了解中，最后才有可能发挥我们自己本身在工作中的一技之长，这个过程实属不易。但是，这样独特的体验同时也拓宽了我有限人生的道路。我们体验常人所不能体验的生活，完成一个个不那么容易做好的任务，成就感与

/墨西哥国立自治大学中央图书馆

满足感又会给我们带来持续的动力。我想,这就是有的外派记者可以在艰苦地区持续工作三四年的原因所在。

  这段旅程也给了我初窥媒体工作的机会,也让我深刻意识到自己的浅薄与不足。"纸上得来终觉浅,绝知此事要躬行"也是我最大的收获。无论是学习和接受新华社大大小小的编辑要求,还是第一次参与网络电视直播;无论是近距离观察采访任务的拍摄过程,还是深度体验新闻编辑室新闻生产的整个流程,我都发现学校所学只能做理论性和概念性的指导或引导,想真正运用的话还需要参加真实的新闻活动。

我从加入音视频部工作到现在，经常晚上加班到凌晨。看着这个似乎永远不知疲倦的城市小憩片刻又开始新一日的欢欣，我想这就是记者作为一个观察者的意义所在。我想我也许没有一针见血的笔触，也没有悬河注水的辩才，但我的眼睛时刻保持明朗，我的镜头时刻注视着真实。我不用语言看世界，我用眼睛看世界。不追求所有人的认同，我也在表达。奋斗过这段时间，回头看看，用不熟悉的语言讲述不熟悉的故事，对一个陌生的国度产生陌生的亲切感，这大概就是我在墨西哥当记者的感受吧。

教育

见闻

陶森印记：一段教育之旅的悠悠回响

刘捷[*]

2016年8月26日至12月27日，按照单位干部员工专业素养提升的有关规定和计划，当时在人民教育出版社工作的我到美国陶森大学进行访学活动。陶森大学位于美国马里兰州巴尔的摩县陶森。陶森虽然规模不大，却因陶森大学的存在而成为马里兰州的教育和文化中心。依托陶森大学的发展，陶森既有大学城的活力，又保留了社区的宁静，形成了教育资源优良、文化活动丰富、生活环境舒适、公共交通便利的都市特色。

在陶森大学访学期间，结合本职工作和个人学术兴趣，我选修了陶森大学儿童文学与阅读、阅读与语言评价、中学数学教学三门课程，并对陶森大学教育教学进行了概略性的观察、体验和研究。在陶森大学终

---

[*] 刘捷，外语教学与研究出版社总编辑、编审，教育学博士。

身教授孙伟博士的帮助下，我参观了圣约翰教区学校（私立小学）和巴尔的摩中文学校，进入这两所学校的不同班级观察课堂教学。借助于地理上的便利，我参观了陶森高中（公立中学），并观察了陶森高中的体育教学和比赛。下面将个人当时的访学情况和个人对美国教育的肤浅感悟追忆、叙述如下。

对陶森大学的考察

陶森大学是一所具有教师教育传统的综合性、区域性公立大学，是马里兰州最大的教师教育基地。1866年马里兰州在巴尔的摩创建了马里兰州立师范学校，为马里兰州的公立学校培养中小学教师。马里兰州成为美国第七个设立师范学校的州（1839年，马萨诸塞州创立第一所公立师范学校），马里兰州立师范学校是马里兰州仅有的一所师范学校。1915年马里兰州立师范学校迁移到陶森市。1935年马里兰州立师范学校更名为马里兰州立师范学院，设置四年课程，并开始授予自然科学学士学位。1963年，马里兰州立师范学院更名为陶森州立学院，被认定为一所具有大学资格的综合性大学。1976年，陶森州立学院正式更名为陶森州立大学，是马里兰州第二大公立高等教育机构。1997年，为进一步提高学校的独立性和影响力，陶森州立大学又更名为陶森大学。

学校的吉祥物是老虎，象征着学校威武勇猛、实力雄厚、不断进取。陶森大学是美国城市和大都会大学联盟的创始成员，陶森大学的前校长罗伯特·卡雷特曾担任这个协会的会长。陶森大学还是美国全国教师教育认证委员会会员、中部各州高等院校协会会员、美国教育委员会成员、美国州立大学协会会员、美国大学协会会员。

陶森大学学生来自美国各州以及全球100多个国家和地区，以马里兰州为主。陶森大学拥有六大学院：（1）商业与经济学院，下设会计系、电子商务与技术管理系、经济学系、财政系、管理系、市场营销系；（2）教育学院，下设幼儿教育系、小学教育系、中学教育系、特殊教育系、教育技术与文化系、教学领导与专业发展系；（3）艺术与传播学院，下设艺术系、舞蹈系、电子媒体与电影系、大众传播与传播学系、音乐系、剧院艺术系；（4）健康体育学院，下设病理学系、卫生科学系、运动学系、护理系、职业治疗系；（5）人文学院，是陶森大学人数最多的学院，下设英语系、家庭研究和社区发展系、外语系、地理与环境规划系、历史系、哲学与宗教研究系、政治学系、心理学系、社会学和人类学系、刑事司法系、妇女与性别研究系；（6）杰斯和米尔德丽德－费舍尔数学与科学学院，下设数学系、计算机与信息科学系、物理系、化学系、生物科学系、天文学和地球科学系、环境科学系。

陶森大学通过以上六大学院提供了范围广泛的课程和课外活动。学生可以追求不同的兴趣，发展自己的才智。陶森大学能够提供100多个文科、理科及应用性领域的学士、硕士及博士学位。本科生的优势学科为工商管理、大众传媒、卫生保健、应用数学、计算机与信息科技、教育学、心理学、视听学和生物学。研究生的优势专业为计算机、阅读教育、教育学、心理学、人力资源和艺术学。

陶森大学非常重视教育的国际化和文化的多样性。在国际学生中，中国学生所占比率最高，印度次之，欧洲、中东、韩国、日本的留学生也不少。学校开设汉语课，对中国文化感兴趣的美国师生越来越多。

陶森大学的国际通道是其办学全球化的一个标志。陶森大学的国际通道位于人文学院楼和心理学院楼之间，通道上有留学生人数较多的生源国的国旗迎风飘扬，代表了陶森大学国际学生的丰富性和多样性。我去访学期间，看到中华人民共和国的国旗——五星红旗矗立在人文学院西侧花园的正中间，独树一帜，场地开阔，地位显赫，独占鳌头，迎风飘扬。我徜徉在陶森大学，看到五星红旗，顿感亲切，倍感自豪。

陶森大学是一所获得中国教育部认证的美国高校，来自中国的留学生，包括本科生、硕士研究生和博士研究生分散在有关院系深造，其中以工商、理科院系居多，文科和教育次之。几乎每个学院都有华裔教职员工，华裔教职员工大都工作认真，踏实努力，业务精湛，表现出色，中国人在陶森大学享有良好的口碑。例如，1982—1986年在人民教育出版社从事中小学数学教科书的编写和研究工作的孙伟先生，1986年赴美就读于哥伦比亚大学，1993年获哥伦比亚大学数学教育博士学位，是陶森大学杰斯和米尔德丽德－费舍尔数学与科学学院数学系的终身教授。他教学经验丰富，态度和蔼、亲切风趣、严谨认真、内容娴熟、教

/陶森大学学生的课余生活

学得法。他在教学中特别注意多给学生讨论的机会,让学生积极应用自己所学知识来解决实际问题,受到了学生的广泛好评。

陶森大学学生的课外生活丰富多彩,该校有多个在全美闻名的社团,其中舞蹈队曾经多次获得全美高校冠军,并多次获得美国东北部高校联盟橄榄球、曲棍球、游泳、排球、高尔夫赛事的冠军头衔。

陶森大学教育学院是马里兰州历史最悠久、规模最大、质量卓越的教师教育基地。成千上万来自马里兰州和美国其他地区的教育工作者曾经在这里接受过教育和培训。教育学院通过幼儿教育系、小学教育系、中学教育系、特殊教育系、教育技术与文化系、教学领导与专业发展系提供了多个培养高质量、高技能、专业化教师和教育专家的全面教育方案，是美国最好的 100 所教育学院之一（全美开设培养中小学师资课程的大学和学院有 1400 余所）。该学院的大多数毕业生进入公立学校担任教师和教育专家，毕业生遍布美国全境，以东部地区为主。

陶森大学教育学院位于霍金斯大楼。厄尔·泰勒·霍金斯博士是陶森大学第八任校长。1947—1969 年，他担任校长，任期长达 22 年。在任期间，霍金斯把学校从教师教育院校提高到了综合性院校的水平，学校入学人数有惊人的增长。在 1947 年，他接任时，学校招生数为 600

/ 笔者（右一）与陶森大学教育学院听课同学的合影

人；1969年，当他卸任时，学校招生数上升到8000人。在他的任期内，学校进行了雄心勃勃的建设，在人文和科学方面增加了全方位的学士学位课程。正是由于学校的快速发展和建设，1963年学校由马里兰州立师范学院更名为马里兰州立陶森大学，并成为马里兰州第二大高等教育的公共机构。

为什么选择陶森大学教育学院进行教学和学习？我们可以听听教育学院师生的说法。珍妮诗·丹尼尔斯副教授在陶森大学教学已有多年。她说："我被吸引到陶森大学工作是因为学院儿童教育计划的卓越声誉……我想在一个学生们渴望学习的部门工作，然后在马里兰州为孩子和家庭服务。"教育专业本科毕业生汉娜·弗兰克说："教育学院的老师们了解我，我也了解他们。他们感兴趣的是帮助学生成为他们所能成为的最好的老师……我在陶森大学的经验帮助我完成了当教师的梦想。"

对圣约翰教区学校的观察

2016年11月29日，一个细雨绵绵的下午，笔者和陶森大学的孙伟教授等一起来到了圣约翰教区学校，受到了校长纳丁·马克斯女士的热情欢迎。我们参观了学校并进入课堂听了三节课。

圣约翰教区学校始建于1965年，位于马里兰州埃利科特市圣约翰教区，是一所学生走读的日间学校。学校的办学理念是发挥每个学生的特长，促进学生快乐成长。踏入圣约翰教区校园是一种身临其境的体

教育见闻

验,校园里不时传来孩子快乐的笑声。

圣约翰教区学校招收学龄前儿童(三岁)至小学五年级的儿童。一群富有自信心、同情心和理想的教师在这所学校里从事着教书育人的工作。许多家长为孩子选择这所收费较高的私立学校,是因为他们知道孩子在这里不仅能获得优秀的教育,更能促进他们的快乐成长。

圣约翰教区学校的使命是在文化和经济多样性的社会中用具有刺激性和挑战性的学术课程来教育学生。学校创建了一个让学生成长和学习的安全和育人的环境,帮助学生充分发挥他们的潜力和个人天赋。

/ 圣约翰教区学校课堂一角

学校尊重每一个人的尊严和信念，注重培养负责任的美国公民和全球公民。

为了促进学生的全面发展，学校开设了阅读、写作、语法、数学、科学、社会六门核心课程，另外开设了信息技术、艺术、音乐、管弦乐、西班牙语、体育六门特殊课程。

学校实行全科教学，即一个教师教授一个班级的阅读、写作、语法、数学、科学、社会六门核心课程，称为班任教师。班任教师的办公桌就在学生的教室内，这和我国情况大不相同。一般情况下，学前班和小学低年级配班任教师两位，高年级配班任教师一位。

学校实行小班化教学和走班制。班容量一般在20人以内。走班制的基本模式为：日常管理仍在一个固定的班级，但由学生选择上课内容和学习的教室，学生走班后上课的教室为教学班。不同班级的学生，根据自己所选科目的不同到不同的教室上课。走班制满足了学生的兴趣爱好，给了学生以充分的学习自主选择权，体现了学生的主体地位，充分调动了学生学习的主动性，赢得了学生普遍欢迎。实行走班制后，任课教师按照学生的学习基础和接受能力、兴趣特长，确定教学活动。学生按自己的学习水平、自我发展的需要、自身的兴趣、特长选班，能增强其自信心和成就感，尝试成功的快乐，减轻思想压力，从而能获得最佳的发展。

对陶森高中的观察

陶森高中距离陶森大学约一公里，成立于1873年，是美国顶尖高中的典范——卓越的蓝带学校之一。陶森高中在美国《新闻周刊》"美国最好的高中年度调查"中排名全国第341名，是美国"最好的高中"之一。因为陶森中学就坐落在我们租住的房子附近，因此笔者能够随时外观陶森中学的校舍，并经常到学校操场散步和观看学生的课外生活和比赛。

陶森高中的办学宗旨是促进学生学术、领导、公民和诚信知能的发展，使学生成为终身学习者和全球公民。陶森高中必修课包括英语、数学、自然科学、社会科学等，每个学科由不同难度的模块组成；选修课则非常丰富，涵盖经济、法律、建筑、外语、艺术等，凡是学生感兴趣或有择业需要的内容，都有相应的课程可供选择。课程采取学分制。学生可以根据自己的喜好程度，从英语（包括高级英语、英国文学、美国文学、英语写作等）、数学（包括代数、几何、微积分、高等数学等）、自然科学（包括生物、化学、物理、环境科学、天文学、基因学等）、社会科学（包括欧洲历史、美国历史、美国政府、神话、西方宗教学等）、外语（包括西班牙语、法语、德语、拉丁语等）、艺术（包括音乐、舞蹈、戏剧等）中选择自己喜欢的课，选课表上有必修课和选修课之分。比如，作为高三的学生，必须学习一门英语课程、一门数学课程、一门社会学或历史课程、一门外语（德语或西班牙语）课程、一门体育课程，还有三门任选。陶森高中课程设置比较灵活，要求和提倡学生主动思考、主动提问、主动行动；学校并不注重标准答案，学校认为这样会桎梏学生的创造性，所以更加注重培养学生独特的创造能力。

陶森高中课外活动丰富多彩，学校有许多艺术、语言、音乐、体育和娱乐方面的俱乐部和活动供学生选择。陶森高中的体育竞赛成绩斐然，曾经赢得过多项中学生田径和橄榄球、篮球、曲棍球、足球、棒球、羽毛球、排球赛的马里兰州冠军或全美冠军。

2000年，年仅15岁的迈克尔·菲尔普斯(Michael Phelps)作为一名陶森中学在校生也是最年轻的美国男子游泳运动员，参加了悉尼奥运会，并取得了200米蝶泳第五名的好成绩。之后，菲尔普斯先后获得23金3银2铜，成就永载奥林匹克史册。菲尔普斯取得这样惊人的成绩与陶森高中和北巴尔的摩水上俱乐部发现和培养他的游泳特长与兴趣是分不开的。

对巴尔的摩中文学校的考察

2016年9月11日，在陶森大学终身教授孙伟博士的帮助下，笔者参观了巴尔的摩中文学校，并进入这所学校的三个班级进行了现场听课。

巴尔的摩中文学校成立于1998年，是面向对中国的语言和文化有兴趣者提供中国文化教育的非营利组织。它为学生提供了优越的中文听、说、读、写学习环境和了解中国文化的机会。为了与中国汉语教育及美国大学中文教育保持一致，教学时采用汉语拼音和中文简体字。巴尔的摩中文学校注册学生有200人左右，提供的中文教学包括幼儿班、1—9年级中文班，并开设绘画、电子琴、国际象棋和民族舞蹈等辅课班。

对美国教育的肤浅认知

通过对陶森大学、陶森高中、圣约翰教区学校和巴尔的摩中文学校的亲身感受以及本人通过教育图书、教育期刊、网络等渠道对美国大中小学和中文教育的了解，我对美国教育的特点形成了如下五点肤浅的认知。

一是实施分权化的教育管理制度。美国学校教育制度不断变革，形成了地方办学自主、联邦协调的现代教育体系，并彰显了分权化、多元化、灵活化的后现代学校制度特征与趋向。美国虽拥有联邦政府内阁机构的教育部，但由于宪法并未授权联邦政府对全国教育事业的直接管辖权力，因此教育办理权特别是中小学管理权基本上归属各州，联邦政府对于教育事务仅仅扮演辅助性的角色，主要采取间接的方式来影响教育的发展。这种分权不仅体现在联邦政府对各州政府的分权，而且体现在各州之内，各州政府对地方学区的分权。分权化的教育管理制度虽然使得美国教育看起来杂乱无章，不是那么整齐划一，但可以充分调动州政府、地方学区的办学积极性，可以因地制宜发展教育，形成各自的教育特色。例如，学制的多样性是美国各州和地方教育发展的反映和要求。美国各州的普通基础教育存在着不同的学制，如六三三制、六六制、八四制、四四四制、五三四制等，多数州实行 12 年的免费义务教育。而且美国还存在着一个与普通基础教育系统相互联系的职业教育系统、成人教育系统和高等教育系统。美国学校制度的多样性为各地教育发挥自主性和创造性留下了巨大的空间。

二是倡导学生个性发展。美国是个人本位的社会，崇尚个人主义的价值理念，在教育中同样非常重视培养每个学生的独特性，认为教育就是培养"独一无二的人"。因此，美国在重视学生素质培养的基础上特别突出个性的发展，不管是中小学还是大学，都是如此。无论是在学校还是家庭教育中，都十分重视儿童的独立人格，主张以民主和平等的态度对待学生和子女，尊重他们的意见和想法，鼓励独立思考。美国教育可以说是真正做到了从学生角度出发，并根据每一个学生的个性差异和需求去培养学生。教育所做的一切都是为了适合每一个孩子，而不是让孩子适合教育。美国通过选课制、走班制、分层教学等，真正实现了因材施教，发展了每一个学生的个性，强化了学生的创造力。

三是强调多元文化教育。实行全球多元文化教育和国际理解教育是美国教育发展的重要抉择。多元文化是美国的历史基础，没有移民，就没有美国。进入 21 世纪以来，移民到美国的家庭和儿童比任何时候都多，各种族、民族相互渗透和影响。据预测，到 2050 年，美国将不存在多数人口的种族，这种人口的变迁要求学生必须学会如何在文化多样的环境中生存。在这样的社会背景下，美国确立了文化多元主义的观念和政策，提出学校教育应该充实和加强与少数族裔的历史、成长经验和文化相关的内容，呼吁帮助学生学会用他人的眼光、心态看待事物，建立一种能为地球上人们更好地生活负责的价值体系，促成了多元文化教育的理念和实践。其一，尊重不同文化，了解其各种文化间的特点，正确认识民族、社会群体间的文化差异，使具有不同文化特征的学生都享有同等机会的教育。其二，学习不同文化，学会正确判断其他文化与自己文化间的关系及影响，依据不同的文化背景、文化特征实施教育。其三，学习未来世界发展对各种文化带来的挑战，了解各种文化规范和多元社会发展的特点，具备融合社会的能力，促进族群和谐。其四，学习所属社会群体的文化，参与践行不同文化的陶冶，在传承文化遗产中创新发展文化，帮助学生形成对待自身文化及其他文化的得当方式及参与多元文化的能力。

四是推进教育数字化。进入 21 世纪以来，随着互联网的全面开通，各种教学软件的开发和教学数字技术的发展，数字化学习已经在美国得到广泛推广。数字时代的到来要求现代教育必须向后现代教育转向，以适应数字化社会的需要，进行广泛的、协作的、开放的、无止境的学习。美国越来越把数字化学习作为其教育发展的重点，希望以网络数字技术手段建设学习化社会，促进知识社会的构建。美国中小学课程改革的"2061 计划"提出，未来的青年应具有将自然科学、社会科学与数字技术三者结合在一起的思想与能力，并将中小学 12 年应获得的基本科学知识重新划分为 12 个学科类群，在每一种新的学科类群中，都力图渗透自然科学、社会科学与数字技术三者结合的思想，现在数字技术与学科教学相整合成为美国教育信息化最重要的发展方向。美国颁布的《数字化学习:在所有孩子的指尖上构建世界课堂》《数字化学习:让所有的孩子随时都能得到世界一流的教育》《国家教育技术计划:迈向美国教育的黄金时代》《变革美国教育:技术推动的学习》等国家数字教育技术规划文件,提出加强对数字技术教育的领导,支持 E-Learning 和虚拟学校,强调技术驱动的数字学习模式,推动学习方式、评估方式和教学方式不断发生变革。

五是不断改革创新。美国是个移民国家,有学习借鉴其他国家发展教育优点的传统,并且善于加以创新,使之成为促进美国教育不断发展、不断超越的有效利器。比如,美国没有一味沿袭欧洲国家中小学教育双轨制的模式,而是根据美国社会的平等主义思想、政治民主化进程和经济变革的实际,构建了普及公立教育制度或国民教育制度,为快速普及中小学教育奠定了基础。又如,早在独立之前,就效仿剑桥大学、牛津大学,建立哈佛学院,继承了英国重视本科生教育的优良传统,但又不拘泥于英国本科三年制的制度,改良成为四年制的本科,如此培养的本科生知识基础更加扎实。在研究生教育方面,美国借鉴德国研究生培养制度,大力培养高深人才,却又超越德国,建立了研究生院制度,且非常重视研究生尤其是博士生的课程学习,为高级专门人才的培养立下了严格的规矩,如此,就保证了博士教育的质量。

远航鞑靼海峡的大篷车课堂

贺培荣[*]

9月2日

匆匆、忙忙，踏上旅程。

2023年9月2日九点开往哈尔滨的火车，八点十分我人还在校门口。半个多小时的车程前往北京朝阳站，又被上一单滴滴司机取消后，只剩"能不能赶上车"的疑问焦虑。新的司机师傅车技如行云流水，驾驶着电动汽车在北京的早高峰道路上来回穿插，像一只灵活又跑得飞快的耗子，硬生生为我多挤出五分钟的时间。一大一小的两个行李箱轮子擦出火花，硕大的黑色背包在肩上屁颠屁颠，终于狂奔到高铁车上坐定时，才回味起与时间赛跑的心惊。

车外的郁郁葱葱呼啸而过，尽管之前坐过不少高铁，但仍然时坐时新，每次看向窗外，中国的秀丽河山依旧不同。一方水土养一方人，短

---

[*] 贺培荣，北京外国语大学保加利亚语专业硕士研究生。

暂几秒窥探到的他人的生活，看不尽世界的丰富、人生的百态。对于我而言，窗外形形色色的人是过客；对于他们而言，呼啸而过的火车也是过客。每个人都活在自己的轨道，短暂的交会，长久的分离。也许，今天那个帮我赶上火车的司机终有一天会被我遗忘在时间的长河里，但现在现实的感受是真实的，无数个感受构成了我，过去存在于现在，现在映射于未来。

哈尔滨的夜是徐徐的，是悠扬的，是缤纷的。在索菲亚大教堂背后，我们一圈又一圈围坐在露天咖啡店的台阶前，或直接席地而坐，或慵懒倚靠藤椅，标语在头顶上五光十色地亮着："向微风许愿，与你在索菲亚相见"。李希光老师指着身前的教堂从宗教信仰讲到边地民族，谈到女真人为何改名为"满族"，清朝统治者如何逐鹿中原。

在李老师讲课时，身旁伴奏着美妙的《喀秋莎》。穿着西装面料灰黑色马甲套装，内搭深紫色衬衣的小提琴家从指尖舞动出轻快的音乐。他娴熟地、优雅地、投入地、脸上毫无波澜地用世界级水平演奏一首首世界名曲，让这场黑龙江省首届中俄地方文化艺术季街头路演活动被路人里三层外三层地包围住。一曲终了，满堂叫好，一声"браво"是对音乐家的赞美。

9月4日

明媚的阳光逐渐晃醒绿皮火车上的喧嚣，在拥挤的上铺起身，"嘭"的一声，头重重地磕在天花板上。野蛮生长的无人区一片片从车窗外掠过。呜呜的气鸣声穿越在旷野之间,我们终于到了目的地:抚远。

抚远市隶属黑龙江省佳木斯市,地处黑龙江省东北部,黑龙江、乌苏里江交会的三角地带,东北两面分别与俄罗斯隔乌苏里江、黑龙江相望,距离俄罗斯远东政治、经济、军事、文化中心城市哈巴罗夫斯克(伯力)航道仅65千米。抚远是中国陆地最东端的县级行政区,是最早将太阳迎进祖国的地方,素有"华夏东极"和"东方第一城"之美誉。

脚步不为疲倦停留,裹挟着16小时的风尘仆仆继续登车向前,奔向原俄罗斯驻北代岛哨所遗址。外墙的白砖早已被侵蚀掉风光的外表,鲜艳的五星红旗高高地挂在楼门正上方。迈入这栋建筑,可以看到楼梯

/ 原俄罗斯驻北代岛哨所遗址

右侧挂着中俄双方交接的照片，"2008年10月14日9时13分，我方边界代表与俄方边界签署《建筑物、设施、物品移交记录》""担负北代岛接防任务的官兵对俄方移交的营房设施进行查收"……上方白色墙皮松松垮垮地半粘连着，海军蓝的下半面墙壁迷彩斑斓。猪肝红色的木质地板踩上去吱吱呀呀直乱叫，残损的壁纸依稀间能看出原先的花纹。空空荡荡的楼房里仅存无法搬运的水池，锈迹、霉斑、划痕张扬舞爪地趴在上面，木制品裸露出内芯的板材，记刻着不属于自己的年轮。荒草杂生，飞蚊蛮扑，楼对面的车库被生锈的铁链锁上，透过缝隙是努力想看见却怎么也看不清的过去。

　　黑瞎子岛上最值得期待的当然便是黑瞎子。黑瞎子是黑熊的当地别称。亚洲黑熊通体发黑，在脖颈的项链处长着一圈白毛，直立身高大约一米八。坐着铁笼巴士，经过两道铁栅门才能见到真正的黑熊园。颠颠簸簸、九曲八弯，平阔的湿地中开出一条路，三三两两的黑瞎子闲散地漫步在道路两旁，或倚在虬枝上懒洋洋地晒太阳。"看看看！黑瞎子！来来来！"邻座的大爷用力地拍打着车窗和喂食通道间的铁板，哗哗作响。黑熊真的立起来，双掌撑在我们的巴士上，硕大的黑脸像狗又像狐，憨态可掬地映射在玻璃中。是人在看熊，还是熊在看人？这些黑瞎子是不是也在按点上班，哄着游客扔来自己所需？正如人类把苹果种满全世界，到底是人的成功，还是苹果的成功？

9月5日

在抚远凌晨四点的江边，天刚蒙蒙亮，飞鸟环绕在天际线。我们遇到了一位捕鱼大哥，他曾在这座城市工作过。他告诉我们，他曾租地种植农产品，然后将产品内销再转为出口。他说："在那里种的农产品卖不出钱，但运回来再运过去就变得非常有价值。"

五点十一分，在李老师的带领下，我们作为当天第一批旅客前往中国"东方第一港"出关过境，踏上远航鞑靼海峡的征程。在船上，我们被一群可爱的小朋友围绕着，他们向我们介绍了俄罗斯的文化和生活。他们是共青城的中小学生，跟随物理老师来同江进行学术交流。他们还去了赫哲村，亲手体验了制作鱼皮画的乐趣。这是一次跨越国界的友谊之旅。最初的沟通有些腼腆，但随着时间的推移，我们用中俄英三种语言交流，分享着各自的故事和文化。最终，我们欢快地聚在一起，畅谈未来，约定在共青城相见。

经过四小时船程抵达哈巴罗夫斯克（伯力）后，我们开始了一天的探索之旅。这里有众多广场和纪念碑，其中包括共青团广场上的内战英雄纪念碑。列宁广场的雕塑下用俄文刻着："共产主义是社会主义发展的高级阶段，那时人们从事劳动都是由于觉悟到必须为共同利益而工作。"这座城市充满了历史和文化的沉淀，每一个角落都让人感叹。

傍晚，我们登上了"西伯利亚苔原"号，开始了整整六天的航行之旅。我们将沿着阿穆尔河航行，途经阿穆尔河畔共青城、因诺肯季耶夫卡、阿穆尔河畔尼古拉耶夫斯克（庙街）、奥泽尔帕赫等地，最终抵达鞑靼海峡。

在船上，我们的小小房间温馨舒适，让我们能够充分享受这段特别的旅程。这次远行的每一刻都令人难以忘怀，我们期待着接下来的冒险和发现。

夜晚，漫天繁星，梦蝶姐用绿色激光笔径直指向星空，像是在天文馆中讲一堂科普课。但这里的星空是真的星空，是天文馆无法模拟的存在。李老师为我们拍摄了一张照片——一群青年人夜空下摘星望月。

9月7日

今日，"西伯利亚苔原"号抵达了阿穆尔河畔共青城。刚刚靠岸，便听到消息，先前出境时乘船认识的俄罗斯小朋友带着她的爸爸来找我们送礼物了。所有人扔下午饭从船底餐厅冲上岸。像梦，像故事，像电影，像新闻，像发生在别人身上的事却又真真实实地发生在我的周边。金发的小女孩刚刚放学，连校服都没换就来了，深蓝底白蕾丝花边连体裙搭白色丝质长袜，外面裹着草绿色运动抓绒衣，与她一米九的父亲在风中像树与花一般摇曳。大家一拥而上把自己行李里可以当作礼物的零食、纪念品送给小女孩，刹那间中俄友谊在你来我往之间、在"谢谢"中激荡。也许有一天，这个小姑娘会成长为中俄之间往来的使者，讲述自己小时候与我们的相遇。不可否认，我羡慕这个小女孩，羡慕她有这样伟岸的爱她的父亲，陪着她与我们见面。到现在我都不知道他们怎么知道我们的船会停靠在这个码头，在这个时间点能蹲到正好抵达的我们。

上了岸，78岁的俄罗斯导游爷爷身着洗得发白的牛仔蓝棉麻上衣迎接我们上车。今天的车在前挡风玻璃上贴着红色的俄文标签"儿童"，是一辆小小的放不开腿的黄色校车。原先还在质疑为什么乘坐儿童校车，但当它行驶在阿穆乐特山悬崖峭壁间颠簸的路上像一辆摇摇车一样，才意识到先前对它的小觑。从没见过这么野的山，从没见过这么原始的路，从没见过这么裸露的矿。一切这么赤裸裸地直接呈现在你的面前。路上布满一块块石片、岩块，樟子松一片片地扎在上面，密林直直地矗立着，挺拔、俊朗、直正。从峭壁向下俯瞰，似乎有一股令人恐惧的吸引力，诱使人想张开双臂立在山头向下看，再向下。

9月8日

今日不下船，整天在船上度过，无信号。

与坤哥夜聊至凌晨四点，今日快11点才被吵醒。不知是哪位姐姐敲门通知我们去船长室参观。

午饭时，突然得知我们无法在特林村停船——如果要停船需要当地政府批准，但需提前15天申请。从之后要停靠的村庄再转乘车去特林村，也不易实现。舱底餐厅中的气压很低，我吃完饭便去船侧透口气。

阿穆尔河上的风浪很大，狂风从耳边呼啸而过，我靠着门口的墙支撑着身体，防止被风吹跑。太阳光铺洒在翻滚的江水上，与海浪不同，无规律地奔腾着，被狂风裹挟着呼啸。风在吼，低沉地狂欢着自由，我缓缓张开双臂，与风撞个满怀，长出隐形的翅膀，掌握平衡，感受翱翔。突然看见盘旋在江面上的水鸟低低地迎风飞着，像我一样，顶着风浪，张开翅膀，在空中划出优美的弧线。我站在风里，放声高歌，唱着"想唱就唱"，唱着"风在吼，马在叫"，风在与我应答，与我对唱，在这前不着村后不着店的无人区，在这山高水长的天地间，为我隔离出一片私人空间。没有人能听到我内心的吼叫，除了狂风与巨浪，水鸟与阳光。自嗨累了，随意地瘫坐在地，卸下精致的伪装，扫除内卷的焦躁，只令心门大敞，飞扬在阿穆尔河上。

回去后发现怪书姐从俄罗斯翻译伊利亚那儿借来电话拨通特林村长的电话说："我们在特林登岸有三个目的，一是我们给村长带来了中国的酒和茶叶，要亲手交给村长；二是我们船上的中国大学生要给村民表演歌舞，增进中俄两国的兄弟情谊；三是后天是中国教师节，我们中国师生要与村民们在岸上举办教师节联欢会。"村长是位热情的女同志，她在电话里的声音听起来很和善、很亲切。她说："我马上向上级领导汇报，半个小时后给您回电话。"之后，我们在信号若有若无中等待。当村长表示可以允许我们靠岸之后，大家都欣喜若狂，给全能的怪书姐点赞。

9月9日

靠岸布拉瓦村，见到阿穆尔河沿岸另一个通古斯渔猎少数民族——乌尔奇人。

娜塔莉亚为我们讲解博物馆，其中陈列了很多19—20世纪与中国等国家贸易获得的商品：印度的盘子、中国的茶壶……这里还陈列了守护神的木雕偶像，包括家神、山神、泰加林神等。在乌尔奇人的观念里，有下层世界、中层世界和上层世界，分别住着逝者、人、灵和神。这里有一位穿着V字领灰色卫衣戴着黑色复古墨镜的工作人员，会说英语，让我感觉来了俄罗斯这么长时间终于能说话了一样，顿感亲切。我用英文问了她许多问题，指着桌子上的工艺品问是用来做什么的。令人诧异的是，很多图腾形式镂空的木制品居然是用来喂熊的。她跟我们讲了很多布拉瓦村与熊的故事，并且说每年会有大概3头熊来村庄。

随后去往当地的艺术学校观看孩子们表演民族舞蹈和音乐。乌尔奇人的舞蹈中有许多动作都来自生活，源于自然，例如在风中摇曳的树、水里游动的鱼、江边翱翔的鸟，都是她们民族舞蹈中动作的灵感。男同学演示的民族棍棒艺术有一种来自远古的力量和很原始的美。捆绑的敲击与民族乐器的打击相互配合，相得益彰，展现了别开生面的魅力。民族舞蹈表演结束后，佳音姐、思逸姐她们开始与乌尔奇小女孩们交流，一起跳kpop舞蹈。当"I'm queen card"的音乐响起时，看着她们跳着相同的舞，一方面感叹kpop的国际传播能力，另一方面思考艺术无国界、国之交在于民相通。

教孩子们跳舞的舞蹈老师也会讲英语，我缠着她聊了许久。她说，她们村庄的学生平常去学校学习文化课，但这里的民族艺术学校是免费的，孩子们可以选择来这里学习民族舞蹈、音乐及其他课程。

/ 罗苏格布大师的雕塑作品

　　木雕和骨雕博物馆里,罗苏格布大师为大家介绍了他的每一件作品。乌尔奇民族里还有很多部落和氏族,分别与相近的那乃族、埃文基族、尼夫赫族或阿伊努族同源,有着不同的图腾(我们的向导翻译成"偶像动物"):熊、龙、鹿、蛇、老虎……还有很多守护神,守护山、家、泰加林。这幅画是天狗吃月,在乌尔奇人看来,月食是月亮被恶灵吃掉了,而恶灵以狗的形象显现,地上的人们通过敲鼓驱赶恶灵。一屋子的工艺品,都是用马鹿的角或大腿骨雕刻而成,珍贵且有民族特色。大师课讲授木雕的制作,大师的刀锋凌厉清晰,一笔成型,而我在不断试验中才勉强成型,歪歪扭扭。但大师一直冲着我说"很好",在木雕方面,我还是有点天赋的,或许可以留下来拜师学艺了。结果,思绪一飘，刀也一歪，给左手食指戳出了血珠。

9月11日

哥萨克族讲解员瓦西里·尼古拉耶维奇带领"大篷车课堂"成员在尼古拉耶夫斯克（庙街）步行考察。

这座城市东西走向的一条主干道苏维埃大街位于阿穆尔河畔，过去叫第一大街。沿着苏维埃大街可以看到当地许多广场与纪念碑。圣尼古拉被当地人民视为这座城市的守护者，所以为他竖立了纪念碑，正立在大街中央。紧挨着的是教堂广场，为了把新建的圣尼古拉纪念碑放在城市中央，就把国内战争纪念碑移到教堂广场，而圣尼古拉纪念碑则和其他战争纪念碑立在一起。一座二战纪念碑上，用俄语刻着"他们都是凡人，但功绩不朽"。

在博物馆，讲解员斯维特拉娜为我们介绍长袍、鱼皮、船、雪橇、狩猎工具。看她的长相和发色，应该也是俄罗斯族和尼夫赫族混血。她知道的很多，但是她的知识也仅限于书本上读到的；当我们提问用尼夫赫语怎么说或是为什么这样做等问题，她很诚实地告诉我们她不知道，毕竟她平时也不用这些工具。我们的讲解员瓦西里是文化学博物馆学专业毕业的，在档案馆工作，还参加了1995—2000的特林永宁寺考古发掘，遗迹就在这座博物馆里。

此行考察了第三个少数民族尼夫赫人。他们聚居在边疆区的尼古拉耶夫斯克区，也就是庙街周围。尼夫赫人是俄罗斯远东渔猎少数民族，虽然生活在远东的边疆，却有着深厚的文化和独特的传统，与通古斯民族和阿伊努人有着神秘的联系。

下午我们来到这里的北方少数民族文化中心，那里的环境充满了原生态的味道。一位身着尼夫赫传统服饰的奶奶迎接了我们。她的脸上刻满岁月的印记，但眼神中却充满了活力和智慧，她以丰富的经验和温暖的微笑，为我们讲授了一堂精彩的大师课。

我向她请教了如何用鱼骨头制作手链，这是一项传统工艺，看似简单却充满深意。奶奶耐心地示范着：首先，将鱼骨切成段，然后削去两旁的刺，以确保它们光滑无瑕。接下来，她展示了如何精细打磨鱼骨片，将它们变得柔顺而有光泽。最后，她把鱼骨片与珍珠和其他珠子一起串成一串，创造出美丽的手链。

我好奇地问奶奶："这种鱼骨手链是否有特殊的含义？"

她微笑着解释说，"对尼夫赫人来说，鱼是生活的一部分，是食物和资源的象征。鱼骨手链代表了对大自然的尊重和感激，同时它也是一种传统装饰品，象征着人们对家庭和社区的情感纽带。"

那个瞬间，我领悟到了尼夫赫人深刻的文化和他们对自然界的敬仰。那串鱼骨手链，不仅是一件装饰品，更是一份永恒的纪念。在这个多元世界中，每一种文化都如同珍贵的宝石，闪耀着独特的光芒，值得我们用敬畏和谦逊的心去探索和欣赏。

9月13日

一早起来，去酒店三层吃早餐。今日早餐是这一路以来最丰盛、最好吃的。昨日他们说这是哈巴罗夫斯克（伯力）最好的酒店，今日五星级的早餐可以证明。

早饭过后便乘大巴来到了俄罗斯民俗村。这里重建了19世纪末20世纪初俄罗斯村庄的生活方式。工作人员瓦莲京娜首先介绍了眼前的圣奥尔加教堂，随后调研团进入套娃博物馆。小小的木屋里摆满了各式各样的套娃，从大到小依次展开。甚至还有俄罗斯历代领导人的套娃，最外层的一个是普京的形象。介绍的奶奶举着制作精良、色彩浓郁的套娃，导游吉玛在一侧用流利的带着俄罗斯口音的中文和张开捏合的右手翻译着，讲述者俄罗斯套娃的来历、含义、送礼场合。吉玛不时增添一些自己的幽默理解，引得大家痴迷地听着解说。之后进了后面的屋子，展示了俄罗斯人家的炕，他们在墙上还安装了铁质的散热口，通过开合小铁片来控制屋内温度。屋子的一角摆了一个架子，有七层，每一层都放置着瓷器，像是青花瓷，但上面的图案却与国内常见的青花瓷不同。通过吉玛问瓦莲京娜，这是否是中国的青花瓷，她回答说不是的，说这是俄罗斯一个著名专门烧这种瓷器的城镇制作的。——但事实上也是18世纪从中国学来的技术。

今日的大师课最有趣，每个人自己绘制一个俄罗斯套娃。我们围坐在一张拼接起来的长桌两侧，用着相同的颜色、相同的工具在相同的基础木段上绘制，但每个人的作品风格迥异。不同的作品映射了大家不同的性格、不同的内心。最开心的是我的成长，我在绘制时既学习参考了墙上的示意图，又有自己的创意与思考，自始至终没有失误。与前两年总是发生各种各样的"意外"不同，我这次很顺利完成了让自己满意的作品。真的有了改变，也真的进步了。除了大师课，我们还体验了俄罗斯传统服饰。笑野哥与海洋哥头别两朵大红花，站在花园里，别具美感，又有点滑稽。

溥仪故居藏在当地一家酒店的背后，面朝阿穆尔河，隔岸可以隐约看到中国。这是一座异国他乡的小小二层木屋，溥仪曾在此被囚禁四年。

午饭未吃就前往了港口过海关，乘船回国。导游们为我们准备俄式炸鸡和一份小礼物——俄罗斯当地蜂蜜。回程又是乘坐"龙客202"，在俄罗斯坐了五天插着俄罗斯国旗的船，再坐插着中国国旗的船回中国，却也无限感慨。来时的我们在甲板上放着《喀秋莎》与俄罗斯青年聊着天，回时的我们在同样的地方望着中国的方向唱着《我和我的祖国》。天，也很有趣，一半乌云，一半无云。我们的背后乌云密布，我们的前方晴空万里。接壤之处，像是碰撞，也像是大鹏展翅飞翔。

下船，又拍了一张"东方第一港"照片。5日，我们清晨出发，13日，我们乘着夜色而归。日出而作，日落而息，出门在外的游子们总要回家的。当真正回到祖国怀抱，看到中国字的时候，回家的温暖感从内心升腾，自豪感油然而生。

再次到达抚远，再次入住同一家酒店，既相同，又不同。正如胡总说的，"出门的饺子回家的面"。晚餐除了热气腾腾的铁锅炖外，真的有一大盆面。

写在最后

能够跟随李希光老师参与"大篷车课堂"，是极其幸运的，幸福的。非常感谢学校为我们提供了这样一次宝贵的海外实践机会，让我们从校园走向世界。国之交在于民相亲，而民相亲在于心相通。这次实践活动是践行我们的全球使命，同时也是展示中国形象的绝佳机会。我们在这个过程中讲述中国故事，扬帆起航，行走世界。在田野调查中，我们深入了解了不同民族的文化和心灵，通过采访学习，我们在中外之间建立了沟通的桥梁，传播着中国的声音。我们在走向海外的过程中学习地道的语言，探索书本之外的知识，拓展眼界思维，全面提升自己的能力，作为当代青年，我们要用自己的双脚丈量大地，向全世界传递新时代中国青年的声音，传播新时代中国的声音。这段旅程不仅仅是一次实践，更是一次内外兼修的成长之旅。

印度精英教育初体验

李彤[*]

"重金属超标的恒河,既可以取水直饮、淋浴,还可以撒骨灰。""女性地位低下,只能早早辍学。""考试作弊装置数不胜数,可以安在任何隐蔽的地方,领带、手表、眼镜,甚至内裤里。"这是很多人眼中的印度。

印度人正在"统治世界"。一度,英国首相是印度裔,葡萄牙总理也是印度裔,摩托罗拉、诺基亚、百事可乐、联合利华等知名公司的首席执行官,都是印度裔。这也是很多人眼中的印度。

在印度工作、生活了七年后,张文娟才终于能够看清印度的轮廓,"印度真实的样子与中国民众的认知并不一致,它的多元性和复杂性远远超出了我们原本的想象。"

2014年,一次偶然的工作机会将中国学者张文娟带到了印度,她来到金德尔全球法学院(后文简称"金大")任教,成为印度大学聘用

---

[*] 李彤,《看天下》杂志编辑。

/ 张文娟老师与她的金大学生们

的第一位全职从事法学教育的中国籍老师。

2023年,张文娟出版《雾与悟:亲历印度》一书。从中,我们会发现印度教育的混乱自有逻辑,它既塑造了一批"做题家",又成就了改变世界的精英。

印度高考有多难

"神啊,请保佑我,名列前茅考上印度理工学院""我真的需要你们的祝福",补习班门口的墙上,密密麻麻写满了祈祷。几乎每一间宿舍门上,都贴着"请不要敲门打扰"的标语。

在印度,"做题家"是沉默的大多数。

科塔是印度的"毛坦厂"。每年超过20万名青少年只身来到这里,日复一日地窝在隔间里疯狂背书,这是许多人跨越阶层、改变命运的唯一机会。每年,有125万名学生参加印度理工学院联招考试,最终的录取率低于1%。而据统计,麻省理工学院的录取率为7.9%。

张文娟在《印度高考有多难》一章中写道:"印度高考虽非千军万马过独木桥,但也是别样的压力山大。这种竞争来源于优质高等教育资源的缺乏、偏好特定专业的固执观念、种姓特留权的制度配额,以及准备各种考试的精力消耗……不专门就印度高考教育体系进行研究的人,很难明白印度学子的苦衷。"

竞争激烈的科塔只是印度高考的缩影。

印度高考并非政府统一命题,而是一种分学科甚至分学校的考试,考生需要多头准备。报考医学或牙医的学生要参加全国资格考试,报考工程学或机械学要参加联合入学考试,报考法学则要参加"共同法律入学考试"。一些私立学校还会引入自己的考卷,或自主命题招生。

学子们不仅要准备多元考试内容,还经常被不同的考场规则弄得不知所措。2021年高考季,阿萨姆邦一名19岁的女孩先后参加两场考试,却在第二场考试被监考老师拦在门外,无论怎么解释都不许进考场——"因为穿短裙",女孩的父亲只好驱车八公里给她买裤子。考试结束后,女孩找媒体投诉:"考试通知上没有明确规定着装要求,穿同样的衣服参加医学院联合考试完全没问题,为什么到这所大学就被限制?"此外,印度社会有很强的重医学和重理工的传统观念,偏执的学科观念让成绩好的学生涌入同一赛道。

印度的高等教育规模看似庞大，但优质的高等教育资源实则稀少。根据《2022 QS 世界大学报告》，印度进入前 1000 名的大学只有 22 所，进入前 500 名的大学，除了印度科学院，其他七所全是理工类院校。

张文娟讲起金大库玛尔校长的一段经历。库玛尔的哥哥考上医学专业后，七大姑八大姨都来庆祝，而当库玛尔选择修读法学时，所有的亲戚第一时间赶来安慰他的父母，因为他选择了文科，"大家都觉得是很悲哀的事情"。

而印度此前废除种姓保留下来的特留权配额制度，让竞争更加残酷。为保证低种姓群体接受同等教育，中央公立大学保留着 49.5% 的特留权比例。遗憾的是，很多低种姓孩子走不到高考便已经辍学，导致名额空缺，非低种姓的人却渴望入学而不得。

因为竞争激烈，作弊曾一度在印度盛行，甚至连替考都发展成了一个行业。2015 年，比哈尔邦的教学楼墙外，爬满了通过窗户向孩子递小抄的家长。2016 年，高考文科状元拉伊在接受电视台采访时，不仅拼错了"政治学"，还向记者表示这是一门有关烹饪的学科。调查后才发现，这名"学霸"的高分是通过作弊取得。

印度为何盛产精英？

可印度的魅力或许正在于，当你惊诧于其高考制度的混乱时，这个国家又在源源不断地向国际输送精英。

2023 年 9 月，尚达曼当选新加坡第九任总统。其时，有七个国家的总理、首相或总统是印度裔。在硅谷，印度裔首席执行官的比例也越来越高，几乎"占领"了大部分跨国科技互联网公司。

回想起自己最终被金大打动，选择来到印度这个陌生的城市教书，张文娟称，这与校长库玛尔不无关系。

这份工作最初由张文娟此前认识的印度学者介绍，抱着试试看的心态，她投递了简历，却没想到不到半个小时，便接到了库玛尔亲自打来的越洋电话。库玛尔十分欣赏她此前在中国公益组织十年的实践经验，很快发来了录用通知。入职后，张文娟发现，库玛尔看人很准，且用人非常多元化，他大胆聘请不同意识形态的学者，有些甚至是印度最具"批判性"的人。

库玛尔当之无愧是印度精英中的一员，在他创办金大之前，哈里亚纳邦议会甚至没有允许该邦建立私立大学的立法。可以说，金大从无到有，最终能够得到印度司法部部长的支持、一名年轻富翁的资助，吸引来牛津大学、联合国系统的师资，并在2023年进入QS世界大学排名前700名，成为印度国际排名最靠前的私立大学，全靠他过人的资源整合与游说能力。

为何印度能培养出这么多有国际竞争力的精英？这是张文娟一直以来的困惑。在不断与印度精英共事的过程中，她找到了一些答案。

这不仅与印度学生本身需要掌握英语、印地语以及另一门外语的语言教育优势有关，更重要的是印度的大家庭生活习惯与复杂、多元的文化环境。这让印度精英既具有多元环境中的沟通力、决策力和执行力，也擅长搭建双重社会网络，既包括互助式、低功利性的社群网络，也包括偏功利目的社交网络。

印度人很重视大家庭，这不仅是对父母的爱和责任，还有以此为基础的大家庭互助关怀。在新冠疫情期间，张文娟收到最多的请假理由，是要回去照顾家中感染的亲人。子女面对复杂、庞大的家庭，从小就要在家庭中学会沟通，解决很多问题。"解决的问题越多，沟通力和领导力越强。"

而想要理解印度的文化，就必须理解印度混乱中的内在秩序。

第一次踏足印度时，马路上的情景首先"冲击"了张文娟。与北京宽阔的道路与有序的车流截然不同，这里左边是大卡车，右边有人骑着大象，汽车在熙熙攘攘的人群中穿行，"竟然还很少剐蹭"，再一转身，一栋豪华的五星级酒店赫然矗立在眼前。

在印度，100个人可能信奉100种神，只要能逻辑自洽，说服他人，任何观念都有存在的可能。"这里太多元太矛盾了，不停地被冲击会让你感到困惑，你只能去独立思考，去建立自己的观点。"

除此之外，Jugaad一词或许也能够帮助我们瞥见印度盛产精英的原因。这是一个独属于印度的词汇，意味着随机应变，没有条件也要创造条件。

在印度，如同电影《三傻大闹宝莱坞》中兰彻的口头禅"All is well"一样，有创造力的印度人可以把任何物件，哪怕是垃圾，组装在一起，以解决眼前的问题。勺子组装成电灯线就可以导电，吸尘器、相机清洁器也可以变成救命的胎吸装置。张文娟还听说过疫情期间为应对油价上涨，一位农民自己组装出一辆太阳能四轮车，充满电能跑300公里。

印度正创造着自己的奇迹，正如库玛尔校长所说："印度是一个不可能的国家，但只要去做，又是一个充满可能的国家。"

教育在文化负担中前行

某种程度上，印度在推动教育的过程中背负着沉重的文化负担。

2023年4月，印度成为世界上人口最多的国家，而且是文盲多（80%以上）。直到独立近30年，印度才发现如果基础教育发展不好，高等教育的受益人群将更加受限。

在学校分类上，与中国大规模普及公立教育不同，印度的学校有四类：公立学校（政府举办）、私立学校（有政府资助）、私立学校（无政府资助）和社区学校。

印度倡导就近入学，但公立学校设施普遍落后。2018年，印度公立学校中有围墙的只有64.4%，设女厕所的只有66.4%。2017年，印度有85,743所学校只有一位老师，28%的小学只有不到30名学生。老师的教学能力和责任心也普遍较差。这导致中产家庭几乎不把孩子送到公立学校，而是去私立学校就读。"至于私立学校，也不都是优质资源。"张文娟补充说。

尽管种姓制度已经废除，但阶层固化深深扎根于文化之中。

几年前，张文娟的学生曾到村里调研种姓的历史遗留对教育的影响。低种姓家庭往往没有足够的经济实力，不能给子女提供私立学校的优质教育，仍然难以在激烈的竞争中脱颖而出。另外，高种姓的农村女孩也容易辍学，"因为他们担心孩子在学校万一遇到性侵或自由恋爱，都可能给家族带来声誉伤害。"

尽管政府在不断努力改善教育问题，但在文化的禁锢之下，进程缓慢。

张文娟提到，"印度的高考非常难，寒门学子翻身的比例很低，但并没有泛滥的教育焦虑。"为何会如此？

一方面是因为印度是一个宗教国家，即便身处贫苦的家庭，即使没有考上最好的大学，"仍有一种精神的东西在支撑着他们"，对印度人来说，想清楚自己是谁、自我与环境的关系非常重要，这些都是印度小学课本中反复强调的内容。另一方面，去掉印度理工大学等几个头部学校，印度社会对于什么是好的大学没有统一的标准，不同的邦都有自己偏好的大学，"有时候提到一个别人从没听过的大学，家人也还是感到自豪"。

正如张文娟在书中所写，"教育的能与不能在印度这个国家都体现得非常明显"。

（本文原载于《看天下》2024年第1期，原标题为《一个中国学者在印度做教授：看见邻国的精英与"做题家"》。）

跨文化成长：匈牙利留学记

付阳[*]

当得知可以前往匈牙利留学一年的时候，我心里充满了喜悦与忐忑。其实早已跟着多位作家游历过欧洲：朱自清笔下的巴黎是回响着悠扬乐章的春日午后，余光中眼中的西班牙野景则是摄影家镜头下的迷幻梦境，徐志摩游历过的佛罗伦萨也好似多了一阵水汽氤氲的风。而作家们对于匈牙利的描写却很少，让我对这个国家更加好奇。

匈牙利是中东欧地区的一个国家，连接亚欧大陆的一个要塞之地。蓝色的多瑙河穿城而过，国会大厦和马加什教堂隔江相望，整个国家回荡着裴多菲"自由与爱情"声音。我妈妈很喜欢匈牙利女王——茜茜公主，得益于20世纪60年代的《茜茜公主》系列影片，她嘱咐我去看看茜茜公主曾经生活过的地方。

于是，拖着沉重的行李，带着对这个神秘而浪漫国度的好奇，我踏上了去往匈牙利的旅程。

---

[*] 付阳，北京外国语大学匈牙利语专业硕士研究生。

教育见闻

　　我是一个小城市的"做题家"，在初高中阶段几乎是拼了命在学习，围绕着学校食堂、教室和家展开每天的生活，假期父母偶尔会带着我去看看祖国的大好河山，但我从没有出过国，也没有独立生活过。在匈牙利，我开始真正地接触社会，开始自己生活，一切对我来说都是崭新的。独立生活的一年，我成长了很多，也看到了形形色色的人。

　　在去往匈牙利的飞机上遇到了一对带着孩子的年轻夫妇。孩子很懂事，父母为了不让孩子哭闹准备了很多纸质的游戏和动画片，一直在陪孩子玩。为了训练孩子的英语，夫妻两个都跟孩子说英语。孩子很懂礼貌，父母也很客气。飞机上的旅途很愉快。这个孩子很幸福，小小年纪就能跟随父母出国，见识不一样的世界。父母需要费很大的精力，避免孩子在外国出任何意外。大人出门可以将就，但小孩子很娇嫩，衣食住行方方面面都需要注意，父母的开销也不会少。我心里有个模糊的概

/ 学校附近的茜茜公主雕像

念，大概西方人都比较有钱，都能出国度假。飞机落地后我就把这些经历抛之脑后了，忙忙碌碌地布置宿舍、倒时差……

在我们到大学报到结束后，我和几个朋友坐公交车回宿舍，但由于刚到匈牙利，还不熟悉交通，就坐错了车，被迫徒步两公里回宿舍。我们的宿舍在布达一侧的富人区里，宿舍周围都是很精致的小别墅。我们回宿舍需要穿过这片别墅区，在路上我们走走笑笑，偶然看到了一位在自家别墅阳台上喝着咖啡看报纸的男士。当时是周一下午一时左右，一位30岁左右的男士戴着墨镜，端着一小杯咖啡，半倚在阳台的躺椅上，翻着几张报纸，十分闲适。按照我们的固有思维，周一是工作时间的开始，这个时间段而立之年的人应该都在公司里工作，学生也应该在学校里学习。于是我们都开始感慨，"这就是西方世界的日常生活吗"，"上班时间短还能住别墅，真是太爽了"。我心里艳羡，想着是不是能在这里找个工作，也过上这样的生活。

这种憧憬持续没几天，我们就开学了。第一节课上，老师向我们介绍自己，说她是一名大学老师、一位婚礼司仪、一位考官，同时也是一位准妈妈。当地的教师行业收入并不高，教师也不是一个非常受人尊敬的职业。在留学一年间，我遇到过一次教师游行。游行的队伍中有中年人，也有白发苍苍、拄着拐杖的老年人，青年人比较少。他们是为了提升教师薪资和待遇而进行游行的，我不知道这场游行最初是从何处走来，只是通过新闻得知一位中年人领着队伍在国会大厦前的广场停了下来，进行了一场慷慨激昂的演讲。回想起给我们上课的老师，尽管怀

/ 傍晚时分的布达佩斯自由桥

孕,也要同时干多份工作,不胜辛苦。虽然大学强制有双休日,但是教职工薪资不够,周末只能"自愿"选择做兼职补贴家用。看到了那种悠哉悠哉在别墅里享受生活的人,再看到这些在努力工作、为自己和家庭打造更好生活的人,我脑海里匈牙利国家人民的形象逐渐丰富了起来,但是心理落差很大。由此看来,亘古不变的真理是努力奋斗才能实现理想,过上自己想要的生活。

其实，看别人的生活终归没有实感，我来讲讲我的生活。因为一般上午都有课，没有时间做饭，于是午饭一般都在外面解决。一开始我去学校的"小食堂（开在校内的餐铺）"吃饭，50元左右只能买到一块土豆泥和一块肉，我觉得比较贵，也不合胃口，就在学校附近找快餐店解决。一顿土耳其快餐需要50元左右，但是能吃到米饭和蔬菜；一顿中餐需要60元，中餐是改良过的，偏甜，也不是很合胃口。最后，我的食堂就变成了学校旁边的汉堡店，一个套餐40元左右，能吃得很饱，也比较合胃口，但是这个价格跟国内相比还是贵了一些。若是没有奖学金和父母的资助，很难在匈牙利留学生活。

晚餐通常是自己做饭，菜都是下午回宿舍的路上在市场买的。2023年九月刚到的时候，在菜市场买一公斤西红柿只需要八元左右，过了两个月，西红柿的价格就涨到了十元左右，其他种类的蔬菜和肉类价格也有所上升。如果想要去普通饭店里吃一顿完整的正餐，每个人平均需要250元左右。生活除了饮食，还有网费，我选择的学生套餐需要支付150元左右，每月可以享用20G移动流量。住在宿舍不需要考虑水电费，房费也不会受通货膨胀影响，但是听班里的博士生同学说，他现在支付的租金是五年前的三倍，而每月的生活费（电费、空调费、暖气费、水费、垃圾费）需要支付2100元左右。学生的交通通票是每月60元，但是普通人的月票是140元，后面涨到了150元左右。林林总总算下来，要想在布达佩斯租一间一室一厅的房子、有正常的三餐，每个月支出将近需要10000元。而匈牙利最低月工资为5440元左右，一些人的工资没有办法负担在布达佩斯的生活，很多人可能需要同时干多份工作，或者降低生活水平。我在假期找实习的时候，去面试了几家公司，实习工资也远不及支出。

老师在课上讲面试的时候，提起很多匈牙利人也没有工作，匈牙利失业率达到了4.6%。一部分人会选择出国务工，若无积蓄，一部分则可能会被迫成为流浪者。在学校旁边的地下通道里，经常有一个胖胖的大叔带着两只大狗乞讨。他背着一个大包，头发卷曲，身上的衣服破破烂烂，但是他有专门给狗坐的旧毯子，他并不是一脸苦相，而是笑呵呵的，从不主动去向路人索要钱财，也不是天天都在这个地下通道里，好似四处游历的游侠。春天的时候，学校附近还有一个背着篮子卖花的老奶奶，衣服虽然破，但是整个人很干净，每根头发丝都一丝不苟的。她卖的花就是路边的野花，每束花搭配好了颜色，扎了精致的丝带；下了课，我朋友总愿从她那里挑一束花带走，希望这个老奶奶尽早回家。

在宿舍附近的火车站，也经常有乞讨客，一次看到一个穿着咖色夹克、西裤和皮鞋的老爷爷，头发全白了，孤零零地站在角落里举着杯子。他目光空洞，盯着前方的地面，想让人发现他，却又尽可能地缩小自己的存在感。看着这位老爷爷，想到了家中长辈，不免一阵唏嘘，于是把自己买的食物和零钱都塞给了他。火车站里的流浪汉有些是朋友，抱着一大桶葡萄酒去找对方，几个人坐在台阶上扯着闲篇，说说笑笑的，就着一包花生，把生活的苦与乐都咽下去。他们也在正常地生活，他们不希望大家对他们有异样的眼光。诚然，流浪者中肯定会有自主选择这种生活的，他们可能向往自由，也可能有别的坚持，但是其中也一定有生活不下去的人，被迫抛弃自尊，向生活低头。

普鲁斯特曾说："真正的发现之旅不在寻找新的景观，而在于拥有新的眼光。"由于地理位置和气候条件不同，中国和匈牙利的风景自然有很大的区别。两国文化底蕴不同，人民思想观念不同，但是两国的人民本质上并无不同。我们生存在地球上，都需要努力工作以换得更好的生活条件。无论身处何地，我们都面临相似的挑战和机遇，都有着相同的情感。正是这种共同的追求和境遇，使得我们能够跨越文化和地理的界限，互相理解和支持。新的眼光让我看见了地球另一端同样平凡、普通、善良的人们，也让我了解到了他们为生活而奋斗的真实模样。每个人都有自己的故事，有各自的努力和追求。在匈牙利的这一年，我学会了用心去体会和理解他人的生活，无论是那些在别墅阳台上悠闲度日的人，还是在街头巷尾为生计奔波的人，他们都在以自己的方式面对生活的挑战。

在匈牙利的这一年，我不仅学会了独立生活，也学会了如何与不同文化背景的人相处。每一次交流，每一次互动，都是一次心灵的碰撞和融合。这种跨文化的体验不仅开阔了我的视野，也丰富了我的人生。回想起刚到匈牙利时的忐忑和不安，现在的我已经能够从容地面对各种挑战。我明白，真正的成长不在于离开舒适圈，而在于如何在陌生的环境中找到自己的位置，实现自己的价值。这一年让我更加坚定了努力奋斗的信念，也让我对未来充满了希望。

无论将来我走到哪里，这段在匈牙利的留学经历都会成为我人生中最宝贵的回忆。它不仅让我成长为一个更加独立和自信的人，也让我明白了理解和尊重不同文化的重要性。无论身处何地，我都将带着这份宝贵的经历，继续前行，追寻自己的梦想。

文化与传承：哈佛毕业季见闻

金衡山[*]

2023年，5月中下旬的波士顿天朗气清，惠风和畅。位于波士顿附近的剑桥市洋溢着一种节日气氛，此地的中心哈佛大学的毕业季来临了。校门口的哈佛广场人来人往，用熙熙攘攘、摩肩接踵来形容毫不过分。

有一个地方或许最能直接感受到毕业带来的节日气氛，那就是广场一角的哈佛纪念品专售店，它有一个很有创意的英文名Coop，大致意思是与哈佛双赢。上下几层的店里挤满了人，大多是在选购印有哈佛字样的T恤衫。各种款式，各种大小，从婴儿到长者样样俱全。顾客中有年轻人，更有身穿学士、硕士、博士服的学生，也有头发花白的老人。有一处专卖用英文写着"哈佛爸爸""哈佛妈妈""哈佛爷爷""哈佛奶奶"等字样的T恤衫。显然，一个哈佛学生带来了全家的光荣，可以通过穿在身上的T恤衫向世人昭示。

这大概也解释了街上为什么会有这么多人，几乎把哈佛校园包围

---

[*] 金衡山，华东师范大学英语系教授、博士生导师。

/哈佛校园

了。按照校方的说法,第二天会有三万二千人参加典礼。

　　第二天一早,六点钟不到我们就驱车去校园,不料已经有长长的队伍沿着校园围墙排队,估计足足有五百米之长。美国的大学一般没有围墙,而哈佛过于古老,最初就建有围墙,并开有多个校门,平常敞开,任何人都可以进入,有重大活动时则闭门。来到队伍的尾端,恰好在另一个门口。所有参加者都需凭票进入,票面上写有大门数字标号。幸运的是,门口的保安说不必按照门号进入,于是本来排在队尾的我们突然变成了另一个门口队伍的最前面。时间还早,但阳光灿烂,幸运的我们很快通过安检。

哈佛园的草坪上摆满了椅子，构成一片一片半圆形区域，分别有保安守卫和引导。各个要道口还有佩带武器的警察站岗。人群一批又一批找地方入座，看起来纷乱，但依然很有秩序，并不见乱抢椅子的事情，尽管一个人可以占很多个位置。

从一个边门传来风笛声，穿着黑袍的本科生开始入场，由身穿苏格兰蓝绿色短裙、双腮鼓起吹响风笛的号手引导走向主席台前，他们受到夹道欢迎，青春的脸上洋溢灿烂笑容，发自内心的欢快从这些年轻人的身体里散发出来，在空气中蔓延，感染着周边所有人。

从早上六点半入座到九点半仪式开始，三个小时的等待并无着急的感觉，环顾四周，人来人往本身就是一大风景。正对着主席台的图书馆，台阶上早已坐满了人，而这里离主席台至少有五百米之远。大草坪的边上有一个巨大屏幕，让远离主席台的人可以看到即将进行的活动。

毕业典礼在哈佛是一个古老的仪式，毕业典礼的英文是commencement，来自拉丁语inceptio，在中世纪时原指学生毕业后获得做教师的资格。1642年，哈佛（当时是哈佛学院）第一次毕业典礼有九名学生（scholar）。后来这个仪式从学期开始移到了学期结束时段，形成了现在的毕业典礼。今年，哈佛本科生和研究生有九千余人毕业。

入场学生已经就位，主席台嘉宾也大多入场。已经过了仪式开始时间，大家还在耐心等待。本科生那边已经出现一些尖叫声，提醒组织者尽快开始。

快十点钟时，哈佛教堂钟声终于鸣响，毕业典礼开始。哈佛所在地的治安官大声宣告一切就绪。随后校长致欢迎辞，仪式正式开始。为什么毕业典礼需要一个地方治安官来启动？这本身就源自一个古老的传统。三百多年前的毕业典礼同时也是聚餐会，饮酒闹事、打架斗殴时常发生，所以需要有治安官来维护秩序。治安官的作用早就成为历史，但历史留下的仪式化成了不可撼动的传统。过去如此，现在如此，未来也不会改变。历史的倔强与倨傲让古老触手可摸，仪式也是哈佛成长过程中不可缺少的一环。

接下来的仪式同样古老。拉丁文的致辞从一个青年毕业生的口里说出时，仿佛这个语言又瞬间复活了。这篇致辞的题目是《哈佛教育的价值》。这当然不是一篇论文，但其中表现的逻辑之雄辩、思想之敏锐以及幽默与睿智的涌动，无不体现了教育的真正含义，而这也正是古罗马西塞罗和贺拉斯开创的修辞传统的意义。这是教育要指向的美德，哈佛不仅在向古代贤哲致敬，更是向即将毕业的青年学生传递一种德性要求，一种需要用铿锵有力、抑扬顿挫的语言来捍卫的德性。今天在这里用的是拉丁语，明天你会用自己的语言。语言不同，通向德性的道路一样。

之后是本科生和研究生代表致辞，她们都用讲述个人故事的方式表明与哈佛间的因缘。没有什么豪言壮语，也没有什么决心表现，追求宏大理想，她们说的更多是从日常生活与专业学习中得到的感悟。但不是围绕自我，而是从自我出发，走向与他人与社会与世界的融合，在不辱使命中实现自我。这当然更是教育的目的。

毕业典礼的重彩是宣布学位授予，由教务长请出各个学院的院长宣布各自学院的学生已经完成学业，准予毕业，请学校授予学位。校长然后宣布同意授予。这整个流程显然非常程式化，但充满仪式感，且庄重与欢乐并行。轮到某个学院时，这个学院的学生全体起立，等学位授予决定宣布完毕后，齐声欢呼。各个学院似有互相竞争之意，欢呼声的浪潮一阵高过一阵，毕业的节日气氛也随之愈加浓烈起来。学院的先后次序排列似乎也很有讲究，最先出场的是文理专业研究生院的毕业生，随后是各个专业学院的本科和研究生毕业生，包括肯尼迪政府管理学院、法学院、教育学院、医学院、公共卫生学院、护理学院等。这样的安排本身很能说明哈佛学科架构体系，文理学院的学科包括数、理、化、文、史、哲等源自欧洲中世纪大学的传统学科，而随着社会的需求和学科的发展，一些后来出现的学科归于专业（professional）学科，以示区别。这其实蕴含了学科发展的历史过程，也是传统在这个过程中既守正又创新的发展历程。哈佛的这个学科模式也是美国大多数综合性大学的一个缩影。最后出场的是哈佛学院的本科生，从学科结构上看应该是包括了文理科以及其他招收本科专业的相关学科。之所以要用"哈佛学院"这个名义，这同样也显示了对传统的坚守的一种姿态。1636年哈佛最初建校时，就叫"哈佛学院"。另一方面，本科一二年级阶段注重文理打通，这既是可以上溯到古希腊博雅教育的传统的表现，也是现代教育发展的必要。"哈佛学院"的设置自然是传统与现代相结合的一个优先选择。把哈佛学院安排在最后其实也是要表明学校对本科通才教育的重视。相应的

/ 人文与科学学院的毕业典礼现场

是,本科生们的欢呼声最高、最响亮,把典礼的气氛推向了一个高潮。

哈佛毕业典礼的一个常规节目是荣誉博士授予仪式。这个传统源自中世纪的欧洲大学。哈佛于 1753 年授予美国开国元勋之一本杰明·富兰克林荣誉学位,不过他得到的是荣誉硕士。1776 年华盛顿被授予荣誉法学博士,以表彰他领导(美国)大陆军队在波士顿赶走了英国士兵,为美国独立战争首开胜利记录。历史上被授予荣誉学位的大多为社会名流,包括为独立战争做出特殊贡献的法国人拉法叶,19 世纪内战前的"平民"总统安德鲁·杰克逊,以及后来的英国首相丘吉尔、南非总统曼德拉等。有16位美国总统得到过哈佛荣誉学位，有的是在担任总统前获得。1955年，海伦·凯勒成为第一位获得哈佛荣誉法学博士的女性。不过，传统意义上的社会名流获得荣誉学位在哈佛早已经成为历史。今年有六位荣誉博士获得者，包括科学家、企业家、军人活动家、历史研究学者和电影演员。特别值得注意的是，主持仪式的教务长对这些人的介绍，每一个介绍都是一篇励志辞，他们的杰出贡献虽然只有短短几分钟的提及，但已经足以让人顿生敬仰之情。这恰是一次生动的教育，不仅面向知识学习和职业选择，更是面向社会责任的肩负与人生道路的开辟，台下莘莘学子在即将走向自己的人生新阶段时，这些榜样是最好不过的教材！当然，能够让他们出现在这个仪式现场，这本身就显示了哈佛的声誉。仪式感于是化成了宣传的力量，这也是传统能够发扬的意义之一。在荣誉学位授予过程中，还出现了温馨一刻，主持人告诉大家今天是被授予荣誉博士学位的历史学家、黑人社会活动家杜波依斯传记作者大卫·路易斯的87岁生日，此时音乐响起，全场学生一同唱起生日快乐歌，感动流露在老先生的脸上。

　　出现在荣誉学位授予者名单上的最后一位是汤姆·汉克斯，教务长把他演过的多部电影名字串在一起，用这种特殊的修辞方式，对他做了隆重介绍。其中有一句话颇具历史和时代意义，他说汤姆·汉克斯把乒乓外交带到了中国。这是指《阿甘正传》中的一个场景，有心者则可以从中体味此话的当下意味。更具风趣的是，四个表演系的学生在三分钟内把他饰演过的重要角色重新演绎了一遍，充分展示了学生们的才能，当然也表明了这位重量级演员的影响力。在经历了足够铺垫后，汤姆·汉克斯来到话筒前。

戴着眼镜的汉克斯看起来很斯文，不过一开口说话就笑梗迭出，幽默感十足。先是拿自己开涮，调侃说自己学识浅薄，不识拉丁文，也不懂化学和国际关系。他这是在暗指前面两位致辞学生的专业背景。接着他说到了他熟悉的电影，尤其是美国电影中的超人形象，从《美国队长》到《神奇女侠》。这些颇具美国特色的好莱坞电影里的英雄人物伴随了台下学子们成长，汤姆·汉克斯同时也夸奖了学子们，说他们也是超人。但他话锋一转，指出其实并不存在超人，大家都是常人，而常人也需有使命担当。话说到这里，这位名演员语气开始严肃起来，话语中少了一些阿甘式的憨傻，多了一份米勒上尉（《拯救大兵瑞恩》中他饰演的主角）的勇气和承担。如果说有一种美国式的道路的话，那就是敬畏真理与事实，但现在真理已经不是衡量美国的基准了，事实与真理都可以从自己的角度来敲定，美国离"统一"渐行渐远（他用的是 union 一词，也指"联合"，特指历史上的美国联邦，内战期间林肯要极力维护的就是联邦及其统一）。汤姆·汉克斯并没有用到"撕裂"一词，但显然他所指的就是这个问题：从种族政治到身份政治，美国的社会话语越来越来让这个国家走向撕裂。他引述了好莱坞历史上的明星马龙·白兰度的话：我们不只是属于某个种族，更属于"人"。当然，汤姆·汉克斯说的是"美国人"。当下，"美国人"这个概念正在遭遇前所未遇的挑战，他在演讲中对此表示了严重的关切，可以明显感受到他的焦虑。

为此，他呼吁哈佛的毕业生们在拥有荣耀的同时要关心这个社会，肩负使命，让美国重新拥有对真理和事实的一致认知：如果你们不做，谁又会来做？他如此发问。最后，如同所有的毕业典礼演讲一样，汤姆·汉克斯向学生们表示衷心祝贺。他的讲话在热烈掌声中结束，整个典礼过程也达到了高潮。只是不知有多少人又能在多大程度上感知他的良苦用心。"如果你生活在美国，责任就是你的。"哈佛的毕业生们感受到了这份责任的重量了吗？

汤姆·汉克斯所说的"责任"在哈佛校长巴科的闭幕词中再次得到强调，对自己、对他人、对社会的责任。这应是教育的最终目的。

毕业典礼在中午灿烂阳光照射下隆重结束。典礼过程中多次伴有乐队歌曲演唱，从一开始的美国国歌到中间插入的源自宗教背景的颂歌，让整个过程既充满庄严气氛，又弥漫感恩情绪。其中，《美丽哈佛》一曲曲调悠扬，情真意切，唱出了毕业生对母校依依不舍，以及母校像对待自己的孩子一样祝愿他们前程似锦、光明永佑的情感。这首歌曲于1832年首创，后来有过几次歌词修改，最近一次是在2017年。这也是一个很好的事例，能够说明哈佛在坚守传统的同时发扬与时俱进的精神。

早上开始的毕业典礼最终在一片祝福声中落下帷幕。下午在各个学院，毕业生们还要继续走场。他们的名字被大声念出，随后上台领取毕业证书和学位证书。那一刻，多少时日、多少艰辛努力化成了红袍里面那颗心的激动与兴奋。我们参加了在桑德斯礼堂研究生院举行的文理专业硕士和博士学位授予仪式。博士生身穿深红色学袍。在见证了我们的孩子接受证书的那一刻时，骄傲心情油然而生。今年是哈佛毕业典礼的三百七十二次，仪式早已经通过历史的隧道修炼成文化，融入心间，变成精神。commencement 既是结束，更是开始。苏格兰风笛与哈佛校歌，两种风格，一样古老，同样现代，也是未来。在过往与当下以及未来之间，希望被传递。代代相传的更是融入了教育目的的精神延续。毕业典礼是规定动作，很多过程经历了太多的重复，但正是这种重复帮助固化了教育目的的精髓，使其不朽。

沙海绿浪

于涛[*]

"土豪"国家初印象

有人说，对于穆斯林来说，沙特是一定要去一次的地方，因为这里有伊斯兰教的两大圣城；而对非穆斯林来说，想要认识阿拉伯文化，也一定要去沙特，因为在这里可以充分感受阿拉伯文化。

沙特阿拉伯位于亚洲西南部的阿拉伯半岛的高原上，是阿拉伯半岛面积最大的国家。蔚蓝色的大海和金黄色的沙漠交相辉映，绿色的椰枣树在炽热的烈日下亭亭玉立；这里有神圣的麦加、迷人的红海和现代化的利雅得。作为《一千零一夜》故事的诞生地，它传奇而神秘，封闭而保守。一提到它，人们就会想起"头顶一块布，天下我最富"。我来"支教"的阿美石油公司是全球市值最高的上市公司之一，用"富得流油"

---

[*] 于涛，华东理工大学国际教育学院教师。

形容也不为过。而实际上，这里可以称得上"土气"，当飞机稳稳地降落在达曼机场，走出舱门的那一刻，40多摄氏度的热浪迎面而来。从机场到公司的柏油路坑坑洼洼，沿途的城区建设也比较老旧。烈日下几乎没有行人，城市里没有公交系统，没有拥挤的人流、车流。不禁想起此时的上海，应该是喧闹的缤纷的，涌动的人流，川流不息的车辆，色彩缤纷的沿街商店……夏季的热辣滚烫在这里来得更为猛烈；由于没有雨，没有风，空气是闷闷的。没有飞鸟的影子，没有虫声和鸣，连苔藓的痕迹都没有。一路上建筑多是几何形，色彩也颇为单调，呈现出土地的颜色。浅土黄色的建筑，衬着明净湛蓝的天空，天地之间是黑白两色，男人多着白色，女人则多穿黑色，没有过多的装饰，显得非常朴素。

从达曼机场出来一路上到处都是蓝绿两色的公司标志，仿佛随时提醒你这是阿美公司的地盘。很远能看到著名的阿卜杜勒－阿齐兹国王世界文化中心，也是由阿美公司援建的。沙漠花纹的巨石水平与垂直相组合，这里是沙特王国发现的第一口油井处，是全球首座也是目前唯一一座以不锈钢管为外立面的特色建筑。

车子开了大约三刻钟后，我们终于进了公司，安保极为严格，经过烦琐的检查，我们才得以进入公司内部。这里大得像一座小城市，宿舍、办公区划分井然有序，现代化的玻璃建筑以及内部设施低调奢华，但我印象最深的还是沿路那一座座小土包，地面的黄色均匀铺开，有种太古洪荒或者别样星球的感觉。一眼望过去，可以用神秘的荒凉来形容。就是这样看起来寸草不生的地方却埋藏着巨大的财富，沙特全境大部分地区处于沙漠地带，没有常年有水的河流与湖泊，其北部有大内夫得沙漠，南部有鲁卜哈利沙漠，因此有"沙漠王国"的称号。在阿拉伯语中，"沙特阿拉伯"意思就是"幸福的沙漠"。1939年，美孚公司在沙特阿拉伯东部达曼一带打出了第一口高产油井，石油从此改变了这个国家的命运。

"沙漠化不好，人们喜欢绿洲，绿洲意味着文明；但沙漠很好，它是无尽的宝藏，是我们生存的地方"，说这话的是我的学生——阿美石油公司的未来领导者。得益于公司长远的培养计划，阿美公司从上万名高中生中选拔出佼佼者，派往世界各个大学学习专业，毕业后回阿美工作，是校企合作定向委培的方式。2023年我的学生中更有首次往亚洲其他国家派出的五名女生，我的项目对接方则是阿美公司派往国外留学的第一位女性。

求知，即使远在中国

酷热的白天里，如果能有一阵风吹来可算得上惊喜。街上颇为空荡，整个城市安静得像睡着了。天色暗下来、太阳没那么热烈的时候，这个城市似乎才醒过来，开始了自己的生活。

沙特是个外来人口比重比较高的国家，从事基建的有各种肤色的人；司机以巴基斯坦或非洲的为多；酒店里前台、后厨则能听到印度口音的英语，我所在的酒店住满了来自中国的工程师，"勤劳聪明""懂技术守规则"是大家对中国人的印象。这里节奏虽然不快,但是可以嗅到一种辛劳、笃实、轻甜、微苦、热烈的生活气息。

习惯了上海的快节奏,突然放慢了,也是别样的感受。第一天公司派人来接,比约定时间晚了半个小时。每天接送我上班的司机习惯性迟到,时间仿佛不是表盘的数字,而是随意存放在他们心里,无论是早是晚,"一切都是最好的安排。"

我来公司上班的第二天就遭遇火警,当时以最快的速度飞奔下楼,这才发现大家都是慢悠悠,不急不忙的,真是应了那句话"都火烧房子了还迈着四方步"。

9月23日是沙特的国庆节,公司发放了节日礼物,真的是一顶"绿帽子"。有意思的是,无论是帽子,还是伴手礼,都是"中国制造"。下

| 一个绿色的沙特国庆节

课时同学们玩的拼图也是中国制造。我去复印时，员工们会开玩笑说"你看复印机也是中国的，纸也是中国的"。公司的墙上则贴着老子的名言警句，中国印迹无处不在。学生带我去"十元店"购物，大部分商品都来自义乌，让人秒回国内大型批发现场。这不禁让我想起在利雅得机场时，随处可见的中文标识。正如学生所说："我的手机是华为的，我身边很多东西是中国制造，我们离不开中国。"这些学生是有机会选择其他国家的，但是选择中国项目的人数最多。

沙特阿美公司每年举办一次世界大学展，在展会上，我感受到了大家对于去中国留学的热情。一位在阿美工作的资深员工用流利的汉语和我交流，谈了他自己的留学经历，因为中国他有了很好的发展机会，如今他打算把下一代送到中国，阿拉伯世界里广为流传一句谚语"求知，即使远在中国"。如今"中国是未来"是很多人的共识。学生们感兴趣的专业集中在理工科，如计算机、化工和机械工程，此外，对于商科、医学感兴趣的也比较多。也有学生咨询心理学、航空航天等。中国越来越发达的科技成为吸引大家留学的重要因素。

公司培训部负责人虽然不会说中文，但是说起龙、农历、中药却头头是道。另一位公司高级官员曾长期在英国生活，但是孩子的二外也是中文。提到中国，人们都友好而尊敬。韩国教师说她经常会被人问"你是中国人吗？"学中文最积极的是保安大叔，每天看到我都要抓紧时间练习一下，公司里偶尔碰面的员工也会时不时借机跟我这个外教练习几句中文。我曾碰到过一位索马里大叔，是一位出租车司机，他热情地说：“我爱中国，我的车中国制造，中国高科技，我在学汉语。"他颇有些年纪，唯恐我不相信他正在学汉语，非要我听听手机里保存的一段视频，这是浙江师范大学非洲研究中心的索马里籍留学生何丹的故事。大叔兴致勃勃讲着何丹的故事，分享着对中国的好感。可见，讲好中国故事，除了我们，还有他们。

说起来，我和这个国家的学生缘分还挺深的。2016年我曾经教过一些沙特基础工业公司的学生，如今他们有的人已经在沙特工作，而这家公司也被阿美石油公司合并。我印象最深的是一位喜欢朗诵和配音尤其喜欢毛泽东诗词的同学，中文名字叫孔耐实，他写了一篇《中国故事》，提到高考时成绩优异的他有很多选择，但是"到中国去"是他父亲告诉他的，那里是未来。我们之间有一个约定，"来沙特教汉语"。当时是2019年，我觉得这是个遥不可及的梦想。但四年后，我终于踏入了这个神秘的国度！开学第一课，我给同学们讲了我和沙特学生的故事，也期待着他们能写出属于他们的"中国故事"。

面纱下的女孩

"你知道吗？我们女人现在可以开车，可以看比赛。"接我的项目负责人眉飞色舞地说。沙特阿拉伯本身宗教氛围浓郁，但也走在越来越开放的道路上，我看到了电影院、星巴克、麦当劳的连锁店、不戴面纱的女性……在阿美石油这个高度国际化的公司，女性领导者也很常见，她们说着流利的英语，自信大方从容，着装也更为多样化。

但在那些街边的小店里，我也常常接受着来自各种的异样眼神，人们对于我这个没有包头巾的外国女人也充满了好奇。一个小女孩怯怯地递给我几块糖果，试着看看我这个"外星人"有什么不同，"妈妈，还有不包头巾的女人"。可我第一次到沙特的感受却是"还有这么多包头巾的女人"，尤其健身房或某些餐厅，男女是分开的，等我冒失闯入才发现我成了另类。我数次下定决心下去吃正宗的当地食物kapsa，那是烤肉混合着米饭的一种食物，味道鲜美，但用餐的过程却忍受着人们打量的目光，因为他们用手，我用勺子。为了寻找筷子——这一在中国最普通的用餐工具，我跑遍了超市，也体会到文化的差异。

最大的一次文化差异则来自我的课堂。"你觉得沙特怎么样？""你喜欢沙特吗？"同学们特别喜欢问我这些问题，希望得到异国人的认同可能是很多人的心理。"安静素朴"是我的最初印象，有次我的钱包掉在车上，司机原路送回，当我把这个拾金不昧的故事讲给学生后，他们非常骄傲地笑了，我们一直处于一种良好互动的氛围中。

但意外总是不期而至，在讲到"我的家庭"这个章节时，按以往的经验，各个国家的学生都比较活跃，毕竟这是向世界各国学生展示自己生活的一个契机，大家会积极分享自己家庭的日常生活，这是个非常容易引起共鸣的话题，班级其乐融融的气氛会把课堂推向高潮。为了给他们搭好表达的"脚手架"，我先给了个示范，用照片展示了我家的日常生活，包括我家的狗。课堂气氛很活跃，我很期待他们也用照片展示自己的家庭，并且口语输出。奇怪的是，到了他们交作业的日子，静悄悄的，信箱里没收到几份作业。一向交作业很积极的他们罕见地保持了沉默。我一再催促，却收到这样的回复：我需要问问我的爸爸；我家里人不同意分享我们家的照片。打开收到的一份作业，照片上20多口人的庞大家庭都是男性，女性去哪里了？她们不能拍照吗？

我打算直面这次的跨文化冲突，于是，"拍照的文化禁忌"成了一堂单独的"跨文化"课，他们成了我的文化导师，告诉我女性拍照的禁忌。最后，一位女生很信任地跟我分享了全家的照片。这个女生是一直戴面纱上课的，平时连女生的活动也不参加，也不跟我们一起合影。她能在全班面前介绍她的家人并展示照片，是不是一个不小的突破呢？

第一天上课的时候，我发现男生和女生相隔很远，虽然做了很多改变，比如试着让他们座位靠近些，但他们又会偷偷地挪开。更不要说口语练习的时候，让男生女生互相问答，他们会直接拒绝。因为沙特大部分的学校是男女分校的，所以混班上课对不少人来说是第一次，能伴随着这个国家的开放与现代化同步汉语教学我备感自豪。

我坦率地跟大家分享了我的感受、我的困惑，他们也问了我很多问题，比如：中国人可以用苹果手机吗；中国家庭都只有一个孩子吗；上海是个古老的城市吗，等。我一一进行解惑。看来，不光是传播优秀传统文化，让国外理解当代中国也是任重而道远。上海并不古老，但是老龄化程度比较高，所以社区里有很多适老化改造，我们从中国的人口政策聊起，从上海的社区老年大学一直聊到晨练和跳广场舞的大妈。在介

/笔者授课中

绍上海这个城市的时候，我展示了以往带学生夜游浦江的照片，有女生吃惊地瞪大了双眼"你们带学生去酒吧吗？"夜光下五光十色的游船在她们看来好像是夜总会。

依然是不一样的文化。我兴致勃勃找来一些歌曲，通过他们的表情能感觉到他们有些别扭。原来是这是女性歌手唱的歌，着装打扮也比较时尚现代，而这里的女性着装比较保守。所以我们改编了一首简单的儿歌："一二三四五六七，我的朋友在哪里。在中国，在沙特，我的朋友在这里"。

中秋节时，必不可少的节日文化是文化课的绝佳素材。节日与节气，团圆与思乡，我正讲得起劲。教室外路过的公司职员被我们吸引，也来凑热闹。我期望每个文化点都成为小火花，吸引他们继续深入探究。对话与交流，是互通互信的基础，"一份信任"远比"一桶石油"更为重要。

我也收到了来自女生的邀请，邀我感受地道的阿拉伯文化。女生邀请我和韩语老师参加她们的聚会。聪慧的女孩们自己做了点心、冲了咖啡。今晚蒙面纱的女孩摘掉了她的面纱，还歪着头俏皮地问我她美不美，放松自在的样子和课堂上紧张的她判若两人。她的笑容干净明亮，带着一点少女的羞涩。面纱下的惊鸿一瞥也在我脑海里定格。我们享用了地道的沙特食物，聊到了婚姻等各种话题。原来他们没有男女朋友自由恋爱的概念，很多人还是谨守着"父母之命"。晚上居然有风拂面，伴着点点星光，大家聊得尽兴，玩得开心，无比惬意！

　　就是这个当时在班级时最保守的女生，在落地上海的时候跟一个来接站的柬埔寨男生很快有说有笑，几乎是抵沪的第二天她就不再戴面纱了，她的笑容越来越自信明媚，成绩常常名列前茅，上课也爱举手，很快还学会了骑自行车，看着她骑单车取外卖的身影，我想，这个国家的改变可能是从年轻人开始的吧！

　　根据"绿色沙特倡议"，这个建在沙漠上的国家将在未来数十年内种植一百亿棵树木。"十年树木，百年树人"，未来，这里绿色的种子会发芽，梦想会开满这条古丝绸之路，一路生花！

网文"霸道总裁"出海记

李晓天[*]

"'霸道总裁爱上我'逐渐成为一种固定模式下的稳定产出。""现阶段AI还降不了网文翻译的成本。比如,网文中很多省略号,如果直接让AI翻译,它会以为这是让它补充发挥一下,然后哗啦啦长篇大论给你补写一大串。"李幸磊告诉《中国企业家》,在使用AI或机器来翻译网文后,他们还要进行审核,但机器翻译时大概知道规则可以提前设定,目前AI更多是"乱发挥"。

李幸磊是海读科技创始人,目前公司的主要业务是承接国内出海网文的翻译。"AI有些'黑盒',你告诉它一个需求,然后它会尽量按照你的预期返回内容给你,但其中没有非常明确的规则,有时会接近,有时会出现较大的偏差。"李幸磊说。

网文出海已成为文化企业出海"三件套"之一。据《新华每日电讯》报道,近几年,网文、网剧、网游等新载体,承载着东方神韵,在全球

---

[*] 李晓天,《中国企业家》杂志记者。

刮起"中国风",成为文化企业出海"新三样"。

2021年,网文出海概念开始爆火,该赛道逐渐热闹。《2020年中国网络文学出海研究报告》显示：2019年,海外中国网络文学的用户数量达到3193.5万,中国网络文学在海外的市场规模达到4.6亿元人民币。在近期发布的《2023中国网络文学出海趋势报告》中提到,2022年中国网络文学全行业海外营收规模达40.63亿元,同比增长39.87%。数据显示,阅文旗下海外门户"起点国际"上线约3800部中国网文的翻译作品,培养约41万名海外原创作家,推出海外原创作品约62万部,累计访问用户约2.3亿。

网文、网剧、网游已成为文化出海的"新三样"

经历数年的发展，网文出海已从读者自发翻译，到 WuxiaWorld（武侠世界网）试水，再到如今国内头部企业多 IP、多渠道的成熟运营。据了解，目前，网文出海的主要模式为"搬运"，即将国内成熟网文进行翻译，传播到海外市场。这一模式下，对手握版权和 IP 的老玩家来说，其成本主要为翻译和运营；对新玩家来说，除了固定的翻译成本，还有购买作品版权的费用支出。而"翻译"是网文出海躲不过去的一环。

仙侠、重生、系统，在国内给老外当翻译

海读科技位于北京通惠河畔，办公区被划分成两层，曾经用来接待的一楼，在业务的变化下改成了开放式办公区，二三十个员工的工位紧紧挨在一起，键盘敲击声此起彼伏。

2022 年，海读科技成立，其业务主要面向 B 端用户，技术出身的李幸磊牵头创立了该公司。目前海读科技正式员工 20 人左右，平台下"覆盖"可用的译员已超过千人。

"网文出海可分为几个阶段，一开始就是先做海外华人，然后开始去做一些如东南亚这些地方的市场，后来才开始去做欧美市场。"李幸磊表示，一开始做欧美会有点偏出版，和国内网文不是一个逻辑，后来因 WuxiaWorld，大家才意识到原来网文翻译到海外也是可以的。

2014 年，赖静平依靠翻译中国网文《盘龙》积累了一部分原始读者，次年他辞职后创立了 WuxiaWorld。于是，WuxiaWorld 成为第一家中国网络文学英译网站，为中国网文出海提供了初始平台。

这个平台和国内早期的字幕组相似，通过某个平台，组织众多"野生"译者自发将中国网络小说翻译成外文。除了WuxiaWorld，同期国外主流网络小说英文翻译网站还有GravityTales、Webnovel、Volarenovels等。

"有些译者一开始是读者，看了网文后觉得内容不错，就加入了。比如WuxiaWorld的创始人，他发现流量越来越大后，广告+免费阅读的模式也能运转起来。后来有了盈利，WuxiaWorld的翻译也从过去志愿无偿翻译的模式变为专门的翻译团队来做这件事。"李幸磊说道。

在这些平台免费推广下，这才有了后来的中国网文的现象级破圈：大批外国读者入坑、追更，甚至有人不惜高价悬赏求翻译。

2017年左右，依靠中国仙侠题材网文起家的WuxiaWorld成为中国网文出海平台的头部网站。Alexa全球网站流量排名显示，WuxiaWorld位列全球1000名左右。WuxiaWorld采用"预读付费"机制，与国内网文网站"按章收费"有很大区别。但在"预读付费"的同时WuxiaWorld还保有"等就免费"的模式，跟国内视频平台类似，"超前解锁"和延后的免费解锁并存，以此保证读者的长期活跃度。

但WuxiaWorld也只是让大家看到了可能性，网文出海的商业化依旧受到制约。

据艾瑞咨询数据，2019年中国网络文学盗版损失规模高达56.4亿元，在海外用户流量排名前十的文学网站中，作品侵权盗版率高达83.3%。当网文出海至世界各地，不同地区对版权要求也不尽相同，无法从根本上解决盗版问题。

除了盗版问题，翻译和文本也是网文出海中的"隐痛"。记者在某海外网文网站首页推荐书目的评论区，发现有不少读者留言抱怨作品质量太差，"Writing poor"（写作太差了）、"Grammer is basic"（语法都很基础）、"incredibly lifeless"（太不接地气了）。

从事出海网文翻译的小羊解释道："看网文的人大多也都知道目前出海网文质量是参差不齐的，但现在没有什么比较好的解决办法，只能一个愿打一个愿挨。"

而李幸磊则认为，留言的只是少数，为网文买账的付费读者才是沉默的大多数。"从投放量看，发声的还是少部分读者。我们经历过一些评论说这个内容质量不好，但反过来去看它的付费转化还是很高，所以如果不去看完整的数据，这就是很容易被迷惑的一个层面。"李幸磊说。

曾任职某上市公司网文出海项目的内容负责人肖帆告诉《中国企业家》，网文出海的成本一直不低，目前市面上纯机翻的价格在千字几毛，机翻加人工审校的价格千字20—50元左右，纯人工翻译的价格是千字最低70元。他在职时，为提高翻译的准确和阅读的体验，曾为提高文本质量培养了一批英语母语使用者做后期校对。"这样一算，光是翻译成本就难以控制。"肖帆说道。

除了翻译成本，对中小玩家来说最头疼的还有版权问题。肖帆提到，版权购买一直是网文出海成本的大头，爆款版权少的也要几万块，多的几十万都打不住。除此之外还有打包选书的形式，几千块能买一堆书，但里面能不能出一个爆款就要看运气了。

网文出海第一步，让老外懂"道"

"网文体量做大后，大家发现，我们这些网文故事的套路节奏，大家挺喜欢的。"李幸磊观察发现，最初出海网文的内容结构早已经发生了转变，"如果说 WuxiaWorld 把喜欢武侠仙侠类型的读者都聚到了一起，那么随着女频文的兴起，'霸道总裁爱上我'逐渐成为一种固定模式下的稳定产出。"

李幸磊回忆，欧美畅销吸血鬼小说《暮光之城》全球范围内销售已超 1.5 亿册，其套路便是围绕霸道总裁型男主和灰姑娘型女主展开爱情故事。"这种套路在国内网文中能找到成千上万的同题材作品。它在全球范围内的成功，也为中国女频文在海外的流行铺平了路。"李幸磊说道。

相较男频文，及翻译起来更加硬核的修仙、武侠类作品，女频文更简单省力，在本地化也更加好做。李幸磊说，如果是翻译国内已有的女频文，本地化的大部分工作只需要把北京、上海替换成纽约或伦敦，不需要费心地向读者解释各种"术语"。

但有一种情况是例外。李幸磊回忆，海读科技曾接过近年在女频文中比较流行的"重生马甲类"翻译，这类文本最开始就要介绍主人公身世。"比如这个女主她带着通天的中医修为重生而来，这个情节对东南亚、日韩等地比较好解释，但面向欧美时就没办法完全说明白。"

据艾瑞咨询数据，2021年海外读者最喜欢题材，言情类占82.4%，幻想类占55.3%。从海外女频爆款《抱歉我拿的是女主剧本》的成绩也能看出，其在起点国际上线后，点击量超过3.574亿，在站内排行一直占据点击总榜、收藏总榜的榜首。同期男频最佳《天道图书馆》截至2023年点击量约在1.8亿。

"比这类重生系统文，更难搞定的是地地道道的男频修仙文。"李幸磊表示，公司每次接到这种需求，都会先找有经验的译员，再和客户沟通，看最终翻译效果是否能如预期，而这样的翻译服务价格也会相对高一些。

WuxiaWorld在创立初期就发现了这个问题。对东方奇幻文化感兴趣的海外读者大有人在，但能真正成为铁杆书迷则需要经历一个漫长且有点痛苦的过程。

比如，如何解释最基础的"道"就难倒了很多人。目前，维基百科对"道"的翻译是Tao，再由英文直译过来的解释是："道即宇宙中自然的运行方式，一个人必须激发自己内在的潜能才能够被辨别是否有灵性。道不是一个简单的概念，而是要通过日常生活中的实际经验去看待。"维基百科对此字解释的拓展长达几千字，但对大多数海外读者来说依然很晦涩。

最初，WuxiaWorld对这类问题的解决方式是建立词库。把常用常看到的生僻词汇按词条做解释。"跟字典类似，读者读到难懂处能够立即查阅，但词库对读者留存起到的作用微乎其微，愿意花时间了解的人只会越来越懂，而绝大多数情况则是看不懂所以干脆不看了。"李幸磊说。而这也让男频文和女频文的发展产生了差异。

李幸磊发现有一些男频文费时费力翻译过去之后转化很差，"读者的理解成本就是高，愿意持续付费看的读者就是少。从这个角度说，没有阅读门槛的女频文才是市场选择的结果。"

小羊总结了有爆款潜质的几个题材："海外网文爆款也分阶段，'离婚带球跑'题材一直都是爆款的高频地带，前段时间最爆的是替嫁'千金和马甲文'。"

出海网文遇短剧

"当时几个月里突然多出了一两百家做网文出海的公司。但仅仅两年不到的时间，这些公司要么没能活下来，要么转型去做短剧。"李幸磊回忆，2021年前后朋友圈里不少游戏行业的朋友跨行业来做出海网文，2022年后又有不少转行做了出海短剧。

"公司在决定做网文出海之初就订立了明确的目标，一年之内冲进行业前十，但一年之期到后，网文已非出海赛道最热的文化产品，即便冲进了前十，项目还是被砍掉。"肖帆表示。而后，肖帆本人也跟着"风口"去做短剧。

肖帆的经历并非个例。2022年开始，各家海外网文平台都开始在短剧赛道发力。

记者梳理发现：最早出击海外网文的中文在线旗下的枫叶互动，2022

年 8 月上线了短平台 ReelShort，并一度在应用商店娱乐类别中干掉 TikTok 登顶。畅读科技旗下的 MoboReader，曾海外上线过并稳居海外网文 APP 下载量前十，依托网文平台的成功，畅读科技又推出了 MoboReels 和 Lera 等多款短剧 APP。专攻女性读者的海外网文平台 Dreame，在 2023 年大刀阔斧砍掉了网文业务后，直接转型为线上短剧平台。

据 Sensor Tower，以 ReelShort 为例，2023 年全平台月总流水达 600 万美元（约 4339 万元人民币），2023 年 7 月 ReelShort 美国市场营收达 400 万美元。对比同期，网飞美国市场营收 560 万美元。

传统 IP 产业链主要分为前端内容生产、中端内容加工和终端营销传播这三个部分。前端的选择与生产过程奠定了 IP 的核心价值，中端的二次加工是对 IP 原创内容的创新与增值，最后环节的营销与传播则是成熟的产品投入市场的分发与销售。网文的产业链也与其相似。

从商业来看，网文与短剧，天然一体。曾经止步于终端营销传播的网文来说，又有了拓展，而短剧如同网文的"重生"。

在李幸磊眼中，短剧可以看作网文的衍生品。国内由网文 IP 改编而来的爆款短剧层出不穷，其在海外也有不俗的成绩。中文在线旗下小说网站《民国复仇千金》改编的短剧《招惹》在 YouTube 的播放量早已超千万。而 ReelShort 的爆款海外短剧 *Fatal Temptation Between Two Alphas* 则也有同名小说在海外上线。

从网文到短剧，文化企业出海一直在循着市场选择推进。

李幸磊根据读者的阅读习惯分别贴上"小白"或"老白"的标签。

"小白"接触的网文短剧相对较少，还处在兴致萌发的状态里；而"老白"则是读过近百本网文，深谙东方奇幻文化和社会背景。李幸磊表示："小白到老白，只是一个过程，哪怕最开始是从离婚带球跑入坑的小白。"

在李幸磊眼里，无论是"小白"读者还是"老白"读者，在海外都是下沉市场的一分子，而这些下沉的读者才是真正的大众读者。"能在商业上取得成功，反而是文化企业出海最好的模式。"李幸磊说。

（文中肖帆、小羊为化名。）

人物
故事

仁心仁术传递关爱：援外医疗记

曾博[*]

家人的全力支持，给足了援外支医的勇气和信心

2021年10月，在毫无预兆的情况下，我接到科室主任的电话，被问及是否愿意去支援非洲。听到这个消息后，我不禁犯了难，一方面放心不下挚爱的亲人，尤其是马上要幼升小的儿子，另一方面又无比期待这项光荣而神圣的援非之行，希望能用多年所学的专业技术去帮助非洲人民。"我会照顾好自己和孩子，不让你操心，你就安心地去非洲工作吧，同时也注意保护好自己，我们等你平安归来。"妻子和其他家人的全力支持也给足了我勇气和信心。2022年10月，经过层层选拔和严格的培训考核，我作为第19批援几内亚比绍中国医疗队的一员，与

---

[*] 曾博，四川省广元市第一人民医院儿科主治医生。

来自省内各家医疗单位共 17 名队友跨越一万多公里，共赴受援国执行为期 18 个月的援外任务。

下飞机前往目的地中几比友谊医院的路上，随处可见坑坑洼洼的街道、荷枪实弹的警察，风一吹夹杂着漫天飞舞黄沙，外墙斑驳的建筑物零散地分布在街道两旁，布满尘埃的破旧汽车在狭窄的马路上费力地行驶。虽然此前，早已通过电视和互联网了解到了非洲环境之恶劣，且做了诸多心理建设，但眼前的一幕幕仍然让我大为震惊。

看到患儿开心的笑脸，没有比这更快乐的事儿了

在中几比友谊医院工作不到一个月，我便接诊了一例重症疟疾患儿。

一天早上，护士长急匆匆地跑来告知门诊有一名病情危重的孩子急需抢救。了解到事态紧急后，我一边拨打医疗队长电话汇报情况，一边快速赶往门诊。等我火速赶到诊室，只见一个大约六岁的孩子躺在简陋的门诊检查床上，骨瘦如柴、眼睛无神、眼眶凹陷，仿佛生命的火焰即将熄灭，内心不禁一颤。患儿皮肤干燥而松弛，嘴唇干裂出血，四肢冰凉，呼吸急促而不规则。加之因为家庭贫困，该患儿反复发热一周未经任何治疗，延误了救治时机，病情很不乐观。当地医疗资源匮乏，抢救药物短缺。多部门争分夺秒、紧急协调，调来了相关儿科药品，搬来简易呼吸机和制氧机，立即为其进行静脉扩容抗休克，心电监护血压、心率和氧饱和度情况，留置尿管检测尿量。

我详细询问病史及查体，结合当地流行病学史，考虑孩子有可能感

/ 笔者给患儿诊疗

染恶性疟疾。通过抽血检验，涂片结果显示满视野疟原虫感染。明确诊断后，我和团队经过充分讨论交流，结合患儿情况，完善了治疗方案，并立即给予青蒿琥酯静脉注射。经过大量输液，患儿总算有了尿液，四肢开始变暖，意识逐渐恢复。但患儿白细胞明显升高，极重度贫血及血小板下降明显，身体十分虚弱，赶紧协助患儿转至住院部进一步治疗。

经过日复一日的精心救治，患儿彻底痊愈康复出院了。出院那天，家属问道："Como se diz obrigado em chines?"（"谢谢"用中文怎么说？）通过一句句发音不准的"谢谢"极力想表达内心的感激。看到患儿眼中重焕光彩，以及家属感激的目光、竖起的大拇指，那一刻，我真正体会到援外医疗任务的意义所在，深刻明白了一名医生的使命和职责。当地的儿科条件有限，国内儿科常见病、少见病都能遇到，危急症时有发生，医院的电话不分白天黑夜，有紧急情况随时打来。又有哪个患儿出现紧急情况了？还是又有胎儿窒息了吗？接到电话后，来不及思索，便马不停蹄前往抢救患儿，类似情况数不胜数。看到患儿康复后开心的笑脸，快乐地玩耍，作为儿科医生，没有比这更快乐的事儿了。一次次紧张、一次次担忧都在一例例患儿治愈后变成援外医疗生活中的点点滴滴的感动和莫大的鼓舞。

授人以鱼不如授人以渔，给当地留下一支带不走的医疗队伍

所在医院没有新生儿病房，中国捐赠的医疗设备也是凌乱地摆放在楼道里，这也使我感受到临床工作开展难度非常大。面对当地医院儿科窘迫的现状，我和队员们开始思考如何加强专业医生培养，给当地留下一支带不走的医疗队伍。

在临床诊疗过程中，我充分利用自身的经验和知识，手把手指导当地医生正确、规范、有效地救治患者，毫无保留地将先进技术和理念传递给他们。同时在队长的带领下，根据医院的条件，开展基础和高级生

命支持、新生儿和早产儿管理、儿童腹泻管理、标准化儿科与新生儿病房的建立、创伤急救管理等理论授课以及新生儿、儿童和成人的心肺复苏等技能训练。

在当地院长以及医疗队长的支持下，我和队员们团结一心、迎难而上，克服种种困难，于当地时间9月18日正式成立新生儿疾病诊治中心，进一步规范学科建设，提升儿科医疗技术水平。

以仁心仁术造福当地人民，传递爱与和平

援非以来，除了医院的日常医疗工作外，我和队友们一同开展义诊14次。为庆祝中国援外医疗队派遣60周年，当地时间5月25日，驻几内亚比绍大使馆与几内亚比绍第一夫人办公室在几比邦巴朗孤儿院共同举办"中非携手暖童心"关爱几比孤儿健康活动，收获了几比社会各界的认可与感谢。

9月24日是几内亚比绍独立50周年纪念日，在这个特殊日子的前一天，我随医疗队前往ASSOCIAÇÃO LAR BETHEL孤儿院开展健康体检义诊和爱心物资捐赠活动，为孤儿院的全体孩子和教师进行健康体检义诊，并捐献爱心物资，向他们传递中国医疗队的关心关爱，印证了几内亚比绍国歌《这是我们最爱的国家》中一句歌词："我们将和平和发展，播撒在不朽的土地上"。义诊结束后，医疗队队员们和尤里斯院长及教师们带领全体儿童唱起了中国民歌《茉莉花》，提前庆祝中华人民共和国成立74周年。2023年2月9日，习近平总书记给第十九批援

/ 援外医疗队开展义诊后与当地人士合影

助中非共和国的中国医疗队队员回信指出："中国人民热爱和平、珍视生命，援外医疗就是生动的体现。希望你们不忘初心、牢记使命，大力弘扬不畏艰苦、甘于奉献、救死扶伤、大爱无疆的中国医疗队精神，以仁心仁术造福当地人民，以实际行动讲好中国故事，为推动构建人类卫生健康共同体作出更大贡献。"2023年也是中国援外医疗队派遣60周年。60年来，一代又一代援外医疗队队员牢记党和祖国的重托，发扬国际人道主义精神，以精湛的医术和高尚的医德，全心全意为受援国人民服务，促进了受援国医疗卫生事业的发展和人民健康水平的提高。

医者无国界，大爱显担当。能够和当地医护人员并肩战斗，守护这片土地上的希望，是我的荣耀，更是祖国赋予我崇高的使命。我会带着这一使命，继续在遥远的异国他乡传递医者大爱，为中非人民的友谊添砖加瓦。

奔赴越南经商的中国人

常芳菲 [*]

奶与蜜之地

孙国伟发了一条朋友圈："抵达目的地，开启东南亚之旅。"定位显示为越南。

他是一名跨境电商从业者，这次来越南首都河内，是要扎根这里，做"扬帆出海"的生意。

仅仅是几分钟后，十几个朋友陆续给他打来电话，他们中有人来自中国，有人来自澳大利亚，语气迫切，问的都是同一个问题："越南，到底还有什么机会？"

很难有人不注意到今年的一条新闻：2022 年 3 月，越南的出口额超过深圳，外界重新聚焦"越南制造"；李嘉诚从英国撤资，重金押注越南，也让人们嗅到了这里房地产的商机。更重要的是，因为智能手机

---

[*] 常芳菲，每日人物社平台记者。

的普及，这里正成为一个移动互联网的新大陆，东风吹过，电商成了越南发展最迅速的产业。

在那些公开的报道里，有人在越南做生意，年收入号称近1000万元人民币，但也有人因为疫情没赚到钱，两年都不敢回家。

签证费也因此水涨船高。2022年，为了拿到再次去越南的"入场券"，获得一份商务签证，孙国伟已经付出了8500元人民币。这是一个还算"公道"的价格，因为很多机构的商务签证已经叫价两万元。在这之前，一份三个月多次往返的普通商务签证，官方只需要人民币1000元左右。

2022年3月中旬，越南宣布全面开放国际旅游，普通签证也变得越来越紧俏。最近一个月，越南河内的签证中心，几乎天天大排长龙。背包客、工作签到期的人、大量持有旅游签证的人们汇聚在纸桥郡，等待每天限量发放续签的名额。来河内探亲的于言一连几天站在签证中心门口，每次胜利在望的时刻，工作人员就会适时走出来告诉她和她身后的每一个人"名额已满，明天请早"。

孙国伟的人脉再次发挥了关键作用，他顺利拿到签证，与他相约同行的，是三年前还对出海越南不屑一顾的朋友们。

第一次到越南时，孙国伟和朋友们的感受不算好。那是2019年，他们去河内参加首次举办的母婴产品展览会。从机场出来，沿路都是参差的排屋（越南人自建的小楼），展览会的场地虽然叫"国际展览中心"，但外观更像是中国改革开放初期县城的礼堂。每个企业的展位看上去都

/ 海上桂林——越南下龙湾

很局促，海报和易拉宝一个叠着一个。"很破、很穷"，这是孙国伟和很多刚刚抵达的创业者们对越南的第一印象。

治安也堪忧，去越南之前，孙国伟得到的建议是，尽量不要在路上看手机、掏钱包，否则一不留神，就可能被"飞车党"抢走。甚至到了今年，家人们得知他要再次踏上去河内的飞机时，还在担心他的安全："你一个人去会不会有危险？"

有之前的经历打底，这一次，孙国伟以为他对越南已经比较了解。他这次到越南没有穿西装、打领带，只穿着T恤、短裤、人字拖走下飞机，打算就这样直接去见客户。但他没想到，接下来的这场会面，出乎他的意料。

客户出现了，穿着西装，戴着劳力士手表，站在一辆保时捷卡宴旁等他。他有些震惊："你要知道，越南进口车的关税是汽车售价的200%。"也就是说，这辆卡宴，至少需要300万元人民币才能买到。

一个更为戏剧化的例子，让孙国伟再次感受到越南旺盛的消费力。常年做澳大利亚中高端食品出口的周文，是孙国伟相识了十年的朋友。周文选中了东南亚和中国作为主要市场，一份客单价接近70元人民币的夏威夷果，过去一年在越南超市渠道卖出了40万袋，而在中国市场上，周文亏本了。"国内品牌选择多，三只松鼠卖得非常便宜，消费者不会考虑买这么贵的坚果。"周文说。

还有一位澳大利亚朋友，送了一份提子给孙国伟，他拿到后立刻拍照，发给国内某个一线城市的食品协会会长，询问出口的可能性。对方告诉他，这种高端食品在国内销路不好。但孙国伟知道，澳大利亚朋友每年都出口这种提子到越南的货柜，"一年起码能挣几十万美金"。

在孙国伟不知道的这两年，越南到底发生了什么？他很想搞清楚这一点。

连河内这座城市的气质，也在发生变化：机场到市区的路已经重新修整，不似当年的坑坑洼洼。当然，最重要的是房子。那些从前没有过的成规模开发的楼盘出现了，小区绿化也极好，树木郁郁葱葱。

老薛就是奔着越南的房地产来的。2019年，他辞去了世界500强的工作，来到越南河内做房产中介，还开起了"老薛在越南"的视频号，分享当地生活和对房产投资的思考。随后的三年里，他见证了整个行业的快速上涨。他看过那些在售楼处苦苦等待、大门打开后一拥而上的越南年轻人，"购房像是抢房"。

2022年2月，越南65座城市的房价已经达到每平方米1.7万元左右，胡志明市的房价，也已经达到10年来的历史最高点，年增长率到了27%。房价的上涨，不但为当地政府提供了丰厚的财政收入，更掀起了一股本地人的"炒房热"。

对老薛这样的外来中介来说，现在最大的困难就是和开发商拿项目，"没有之一"。开发商会直接告诉他，起码有22个本地的中介机构在销售新盘，都想分一杯羹，第一期从开盘到售完，只需要一天半的时间，完全不愁卖。

更让老薛没想到的是，在越南，身为中介的他，也会遇到租不到房的难题。他手里握着的几百套房子，没有一套空置，一直在租客中轮转。他现在住的这套，"还是找了朋友，才放出来的"。房子每月的租金是4800元人民币，比起2021年的价格，已经涨了20%。

除了房地产的蓬勃发展，越南工业用地的价格也在飞涨。2019年，越南北宁省的工业用地，50年的租金在70美元—80美元/平方米。北宁省位于越南红河三角洲，距离河内只有30分钟车程，中国人习惯拿苏州、上海的关系来类比北宁和河内。但今年，北宁省工业园区的租金，每平方米最低也需要150美元。

在越南，三星建立了200多家当地供应商，优衣库在这里建厂，阿迪、耐克更是将一半的产品交给越南代工。这些信号也鼓舞着其他制造业从业者来到这里，他们迫切希望在国家博弈的夹缝中，给自己寻找下一个稳妥的着陆点。

零钱和茅台

如果说曾经的全球化中，中国企业努力想成为一列高速行驶列车上的零部件，那么今天，闻声而来的新创业者们，已经不再满足于建一个代工厂，而是要把属于自己的品牌和生意做到全球。这一次，他们想真正掌握方向盘，孙国伟就是如此，他想在电商的浪潮里，做一个潮头。

想要行驶在正确的方向上，熟悉道路规则是重要的。巧合的是，孙

/ 城市街巷的摩托车

国伟去越南的第一课，正好是一个司机给他上的。

胡志明市的晚上八点，正是下班高峰，堵车严重。为了准时出现在合作伙伴面前，孙国伟第一次尝试用了叫车软件，约了一辆越南特有的共享摩托车。在越南，摩托车是最高效的出行工具，能躲避拥堵，灵活地穿梭于大街小巷。

孙国伟戴着头盔，跟着司机在尘土飞扬的街巷里钻来钻去，热带湿润的风卷着街边公放的音乐一起吹向他，"还挺过瘾"。但到了付钱这一步，带着滤镜的美好画面瞬间就破碎了，外来人的身份还是让他吃了亏。

越南的线上支付系统并不发达，大家更习惯使用现金。孙国伟刚刚入境，随身带的现金只有最大面额的50万越南盾（约合人民币150元）。司机看到纸钞面额，立刻声称自己没有零钱。最终，这段在叫车软件页面上显示只需要三万越南盾（约合人民币10元）的行程，孙国伟实际付出了15倍的价格。

习惯随身带好零钱，这是孙国伟融入越南本地的第一步。

接下来，就是了解整个越南的经商环境。在越南政府的经济规划里，本地招商、吸引外资的数据是考核当地官员的重要指标，这也是许多外资企业顺利扎根越南的前提。

一开始，孙国伟总是很难掌握谈生意的节奏，后来，他逐渐发现，一瓶飞天茅台拿上桌，和越南人的电商生意就算谈成一半。一些中国人很喜欢的茅台，到了越南，也是硬通货，在他们看来"喝了酒才能打成一片，才是哥们儿"。剩下的，就是看看他能给对方带来什么。比如，能不能在这单生意之外，顺道把越南本地的产品销往澳大利亚。孙国伟满口答应，毕竟，越南产品的单价低，即便他买下对方"一整个货柜的杧果干"，还不到一万美元，而这些产品，运到澳大利亚也能顺利卖完。

但这些都不重要，真正让孙国伟下定决心的，是他看到越南巨大的消费潜力和城市活力，他身边不止一位创业者说过，现在的越南，就像是15年前的中国，遍地是机会。

老薛曾身处胡志明市地标塔的75层，俯瞰整座城市，从461米的高处往下望，是高楼与排屋交错的风貌，还有夜色里聚集在酒吧和咖啡厅附近不愿散去的年轻人。这让他想起2007年，他在上海看完林肯公园演唱会，走过的外滩和衡山路酒吧街，"城市非常洋气"，每个人的目光里都充满希望。

河内或是胡志明市的路上，年轻人有的拎着路易威登包，有的穿着满身名牌衣服。"不一定是真的"，孙国伟猜测。但这种场景也让他想到十多年前的广州、深圳街头，年轻人们也背着工艺简陋的仿冒品牌包包，这背后涌动的，是一群人的消费欲望。

在河内市中心的金湖酒店，孙国伟对于这一点的感受更强烈。过往行人很难不注意到这栋通体金光闪闪的建筑，整个酒店有25层，共计5000平方米的外立面都贴满24k镀金瓷砖，远远望去，像是耸立入云的巨型金砖。酒店内部也选择了同样风格的镀金镶花大门，连洗手池、浴缸、马桶都是金色的。当地媒体报道，整栋金湖酒店在建造过程中使用了一吨黄金。坐在金灿灿的浴室里,孙国伟说:"酒店一晚房费1000元人民币,本来以为没多少人住,但第二天我要续住,服务员就告诉我目前满房,只能免费升级成套房。"

走出酒店,他才明白满房的原因。酒店路边停着五六辆大巴,有一个300多人的本地旅行团即将入住这家酒店。他们戴着旅行社统一发放的红色帽子,背着大包小包缓缓向酒店大堂走来。一种熟悉的感受向孙国伟袭来:"千禧年后的中国也是这样,其他省份的人有了钱,就想去首都看看升国旗。"

还有一些很难用数据佐证的微小线索。如果一个中国人走在河内还剑湖、胡志明市中心说中文,被附近的年轻人听到,他所在的位置就会自动成为小小的"中文角",人们人会逐渐簇拥在他周围,开始和他交流,练习口语;走进越南写字楼的电梯,分众传媒的三个电梯广告里,有两个都是青少儿英语培训机构。越南人迫切地想要学习其他国家的语言,因为他们都知道,这是"加入全球供应链的第一步"。

凡此种种,都让身处越南的创业者相信,曾经在中国发生的一切令人惊喜的改变,都在越南将重新上演。"就像拿到一个晋江的重生剧本,没什么可犹豫。"老薛也是如此认为,新的增长、新的机会,必然会带来新的造富运动。"胡志明市与河内能不能复制上海和北京的故事?我认为完全可以。"

一种信念

在越南做跨境电商生意，孙国伟用的是 TikTok Shop。这是抖音出海后在越南搭建的平台。他深信，TikTok Shop 一定可以重复抖音在中国的电商神话——目前越南最大的两家电商 Shopee 和 Lazada，份额加起来仍然只有两成，市场还在等新的淘金者。

但是第一步，他就卡在了人员招聘上。不只是越南，整个东南亚都是如此，互联网发展落后于中国，电商领域人才不足是普遍问题。接近 TikTok Shop 的人士透露，在越南，只要懂中文或者英文就可以到 TikTok Shop 工作，完全不了解电商业务，也可以从头教起。

一些创业者也透露，越南当地的大型民企，正在花重金挖角支付宝、财付通系统的核心开发人员，希望能够借此快速复制中国线上支付系统的成功。他们心里很清楚，阻碍越南电商发展的短板，就是只支持货到付款。

发货也是难题。中国商家早就习惯了互联网的"进销存管理系统"。扫描货号后，系统会显示货物所在的仓库位置，直接去找到货物，就可以打包发货。但相比起标准化的软件，越南员工更愿意相信自己的记忆力，他们习惯凭借肉眼和记忆去找货物，这带来的就是发错货和客户差评。"真的很难理解，我教 100 次，他们第 101 次还是用原来的方法发货。"孙国伟抱怨说。

那些软件对越南人来说如此陌生。阿里巴巴收购的 Lazada，延续了淘宝直通车、优惠券、详情装修、客服工具等积累十几年的功能，而越南本地员工别说用好这些工具，连看懂都有困难，更不要提刚刚上线的 TikTok Shop 运营后台。

而一旦来了越南，除了扎根这里，别无他法。如果只是定期从国内来看看情况，注定要失败。"你不过去，越南员工根本不知道要做什么。"孙国伟说。

yoyo 也是因为相信越南电商仍有很多空白，才从深圳来到胡志明。在中国，一位头部主播的单场销售额，早已突破亿元大关，但在越南，这个数字还停留在五万美元（约合 35 万元人民币）。在 yoyo 的设想里，用这种来自未来的"打法"来培育空白市场，就像给一台越南的摩托车装上了中国的飞机引擎。

但是，她没想到，这种"打法"会遭遇滑铁卢。在国内时，yoyo 只需要告诉下属直播脚本的大概方向和截止日期，就离开了，直播最后仍然会顺利进行。而在越南，这样粗放的管理模式，可能会导致整场直播延期。员工的问题一个接一个：游戏环节设置在什么时候？福利和礼品数量具体是多少？每一个问题都需要你给出确定答案。国内互联网人常挂在嘴上的"灵活掌握"，越南员工很难理解。

国内互联网公司习惯了给一个员工发两份工资让其做三个人的工作，即便员工难以承受高强度劳动，也会因为难以找到同等薪酬的工作而暂时留下。这种靠员工自我鞭策、拉动公司业务增长的逻辑在越南也行不通。"加薪、升职，都不能打动他们。"孙国伟说。

越南员工对工作时长的耐受度与受教育程度成正比。一名大学生每天工作的 8—10 小时里，会混杂大量放松的时间。让一位外贸创业者印象最深的，是越南的午睡文化——每天中午 12 点半，办公室就会拉上窗帘，员工戴上眼罩准备休息。为了不打扰员工，老板只能出去"罚站"。没过多久，下午四点又到了下午茶时间。"我常常觉得，他们坐在沙发上的时间比坐在工位上的时间还长。"

面对 2018 年开始涌入越南的各类工厂，生产线上的年轻人们有了充分的议价空间——比薪水、比加班费、比免费晚餐、比哪家厂房有空调，一路比到哪家企业可以每月定期组织一次员工大联谊。一旦不合心意，年轻人们可以在工会的支持下罢工或者干脆跳槽。从事中越物流行业的王婷亲眼看见了越南生产线工人的离职速度。"他们不会因为谁是领导就服从，今天干得不开心，明天就走。"

戴金元在越南胡志明市投资种植香蕉，不得不给越南工人加配从中国来的管理干部，每十人安排一个中国队长，来确保工人的工作效率。"不然工人在采收香蕉的时候就会跑掉。就算 KPI 完不成，越南本地的管理人员也会糊弄过去，不会管。"戴金元说。

尽管现实如此困难，孙国伟还是决定把未来押注在越南。"出海当然不容易，但国内市场更难，只有越南还有很大的增长机会。"

就在 2019 年以前，他还从未考虑过越南市场，直到一个越南人敲开了他办公室的门——他售卖的一些保健品，不知怎么辗转出口到了越南，纸箱上印着他公司的名称和地址，这位越南人直接找到悉尼来，希望能促成和孙国伟的合作。

起初，他充满怀疑，既怀疑对方的资质信誉，也怀疑保健品在越南市场的销售前景。"我们这个叶酸，客单价超过 300 元人民币。"他要求越南经销商先给一大笔预付款，"对方给得很痛快"。

但越南市场的回报给了他惊喜。三个月时间，他在越南的销售额就超过了 2018 年在中国市场全年的销售额。2019 年至 2020 年的 15 个月的时间里，他卖出了一亿元人民币。也是这个数字，最终让孙国伟下定决心投入越南市场。尽管越南的基建、从业者技术水平、用户培育仍是瓶颈，但比起国内激烈的存量竞争，他觉得，这些都只是小问题。

五天后，孙国伟就要回到越南。他的办公室就在胡志明市机场附近，飞机引擎的轰鸣声混着他的声音传来："我相信这片土地。"

（孙国伟、周文、yoyo、王婷为化名，戴敏洁对本文亦有贡献。）

与肯尼亚农民分享丰收的喜悦

林子涵[*]

在肯尼亚，久居当地的华侨华人常自称为"老肯"。李昌洪也是"老肯"之一。15年来，他把双脚扎进肯尼亚的泥土地，把中国种植技术带给当地农民，在东非大裂谷乡间种出了丰收的果与花，也让许多肯尼亚优质农产品叩开了中国市场的门。以下是他的自述。

手把手传授种植经验

我的家乡在湖北荆州。从小生活在江汉平原，跟着父母在长江边务农，我心中有了一颗亲近田野的种子。

2008年，偶然听亲友讲起在肯尼亚旅游的见闻，我第一次对这个非洲国家的风貌有了认识。那一年，我33岁，正是意气风发、寻找事业突破口之时。肯尼亚自然资源丰沃，发展农业有独特的区位优势，我从中看到了机遇。那年6月1日，我踏上了肯尼亚的土地，决心在这

---

[*] 林子涵，《人民日报》（海外版）记者。本文口述人为李洪昌。

/ 李洪昌在辣木种植基地

片广袤无垠的天地间干出一番新事业。

筹备公司期间,我跑遍了肯尼亚大大小小的市镇,最远到过接壤索马里的城镇曼德拉。在充分考虑当地自然条件和国际市场需求后,我锁定了辣木、除虫菊和芦荟种植。

辣木是一种热带经济作物,特定品种的辣木,籽、叶、花不仅可食用,还有保健功能。在少雨季节,耐旱的辣木还能帮助人们维持生计。早在20世纪60年代,中国就引入辣木作为油料作物,积累了丰富的种植经验。非洲部分国家也有可食用的辣木品种。肯尼亚的气候、土壤、光照等条件正适合推广这一神奇作物。当地也有不少农民在尝试种植。

/ 李洪昌（右）向肯尼亚农民介绍辣木种植要领

经过反复考察与试种，我与公司员工一致认定，肯尼亚南部的马库埃尼郡附近是种植辣木的好地方。2014年年初，我们在当地租种了约150亩土地，并把辣木良种免费提供给周边农民，下地手把手教授播种、育苗、采摘经验，最终发动当地农民种植850亩，形成了总面积约1000亩的辣木种植基地。基地产出的辣木籽由我们公司统一采购，解决了农民对销路的担忧。

种地少不了和土地"磨合"。为此，公司多次邀请中方和肯方技术人员进行探讨，一起寻找增产增收的好办法。

辣木虽然耐旱，但充足的雨水有助于辣木树生长。因此，我们决定在辣木树下，以辣木树为圆心，挖一个直径为40至50厘米、深度约20厘米的坑。雨季来临前，把农家肥施在坑中，用薄薄一层土进行掩盖。雨季来临时，雨水会带着肥料向树根渗透。辣木树最高可以长到十米，不利于果实采摘。因此，我们每年都会打顶，矮化辣木树，增加辣木树侧枝的生长。通过不断试验和探索，基地产出的辣木籽颗粒饱满、含油量高，直径比普通辣木籽大两倍以上，单棵辣木树的产量是当地其他种植户的三倍。

除了辣木，肯尼亚的地理环境还与另一种经济作物——除虫菊的生长条件高度契合。从除虫菊中提取的除虫菊酯，可用于生产生物农药。因其无公害的特点，除虫菊在绿色农业领域有广阔的应用前景。

2010年起，我们向肯尼亚政府申请了除虫菊种植、加工和出口牌照，并在肯尼亚境内东非大裂谷附近的村庄与农民合作种植。最多时种植面积约为5000亩。

除虫菊的育苗是一项"技术活"。肯尼亚传统的办法是在田垄上挖一条十厘米深的小沟，撒入种子，盖上约两厘米厚的土壤，等待15天后发芽。这么做发芽率低、时间长，单位面积产苗量也很有限。中国传统的办法则是直接把除虫菊种子撒在田垄上，盖上一层薄薄的土壤，同时还要盖草、浇水。在土壤肥力更高的肯尼亚，这么做容易产生植株细弱的"高脚苗"，被赤道地区的烈日一照，一半幼苗都会干枯。

通过多次试验，我们结合了两种方法的长处，把除虫菊种子直接撒在田垄上，盖上一层一厘米厚的土，把土压实并每晚浇水，等待五至七天，苗就长出来了。我们把这种新办法教给农民，种出的除虫菊苗根很粗壮，单位面积产苗量也很足。现在肯尼亚西南部的奈瓦沙湖区域不少农民育苗采用的就是这个方法。

帮助农民收入翻番

经过多年发展，我们把马库埃尼郡的辣木基地改建为辣木和芦荟间作种植基地。2018年，我们还在肯尼亚西北部的图尔卡纳郡，种植了约1000亩芦荟试验田，最终成活约450亩，将来计划在该区域种植芦荟5000亩左右。

芦荟是耐干旱、高价值的优良作物之一。肯尼亚常会遭遇旱灾，种植芦荟给了当地人新出路。得益于得天独厚的自然条件，肯尼亚的芦荟有较高药用价值。加工制成的芦荟膏中，芦荟苷A的含量可达16%到24%，高出其他产地数倍。

种植芦荟给当地人带来的经济效益十分显著。风调雨顺时，如果种植玉米，按照当年的市场价，当地农民种一英亩的收入约为8.2万先令。除去种子、肥料、人工等成本，纯收入不到3.5万先令。如果出现旱灾，种植玉米还会严重亏损。而根据种植基地的情况，按照当前市场价，农民种植一英亩芦荟的收入可达到25.6万先令，刨除人工、肥料等成本，纯收入在20万先令以上。

公司经营模式也受到当地人肯定。针对不同农作物，我们会在适合该作物生长的区域租赁土地，建成育苗基地，把种子或幼苗免费提供给周边农户。公司摸索出的种植经验，也会倾囊相授。如果种植遇到难题，还有专业团队介入帮忙。同时，我们和种植户签订了采购协议，让农民不担风险、不愁销售。在育苗基地附近，公司还购买了工厂用地，方便对该农产品进行深加工。可以说，最难做的事情，我们都为当地农民预先考虑到了。不少种植户都对与我们合作表示放心。

在陌生的土地上赢得信任，绝不是一件容易的事。十多年来，我在这里经历了风风雨雨，也曾遭遇抢劫、盗窃等犯罪事件，创业的艰辛一言难尽。但认准了这个方向，我就有信心让种子发芽开花。

刚起步时，公司到肯尼亚乡下开推广种植会议，当地政府出于对海外公司的不信任，不仅配合度不高，甚至还进行阻拦，当地农民对转变种植方式也没什么积极性。

我们没有气馁，而是通过租种试验田、推动工厂建设、免费提供苗木、积极传授经验，一步步证明经营模式的有效性。渐渐地，当地政府开始派工作人员协助推广，越来越多农户加入我们的种植园。稳扎稳打、用心做事，中国人的勤劳、守信最终改变了当地人的看法。

把好产品带到进博会

从2018年首届中国国际进口博览会开始，我已参加了三届进博会。2023年的进博会，我也一定会参加。

进博会是企业厚积薄发的大舞台。在这里，我们精心培育的农产品有了亮相展示的好机会。前几届进博会，我把辣木籽、芦荟等带到展台，还介绍了夏威夷果、高山红茶等许多肯尼亚优质农产品。

2019年第二届进博会期间，有一家来自西安的参展企业，提出需要芦荟提取物制作药材，要求芦荟大黄素含量达到22%至24%。这样的芦荟在中国十分少见，而肯尼亚的自然条件恰好可以种植出符合这一要求的芦荟。

借助进博会平台，我们一拍即合。得益于进博会对企业产品质量的背书，对方公司爽快同意先付款后发货。2020年，我们已经做到了近800万元销售额。

类似这样的经历还有很多。通过进博会提供的各类沟通和贸易促进机制，我们能实现购销信息和资源的高效、精准对接。产品不仅能销售到中国，还能销往北欧、东南亚，走向广阔的国际市场。

进博会是国际贸易的一个风向标。在这里，我们可以了解到行业发展的最新动态，了解各领域前沿技术的应用，把最新资讯带回肯尼亚，运用到田间地头的实践中。

从进博会归来，每次都有新订单。最近，就有来自安徽的客户到我们的种植基地采购芦荟膏。我期待，接下来一年在芦荟深加工等方面取得新突破，给肯尼亚农民带来更多丰收的喜悦，也让更多肯尼亚的优质产品进入中国消费者的购物车。

90后夫妻闯荡非洲开超市

贾梦雅*

河南的"95后"孙悦从广州出发，中转迪拜，最后的目的地是非洲的几内亚首都科纳克里。

尽管这样一趟行程会花掉孙悦漫长的20个小时，但她对《盐财经》说，她非常"欢呼雀跃""满心期待"，因为那是她丈夫的日用百货批发超市所在地。

孙悦的"90后"丈夫在大学毕业创业失败后，受朋友之邀，从河南来到了几内亚，从事日用百货批发贸易，至今已经在非洲闯荡近十年，开了家日用百货批发店。店内商品全都来自国内合作厂商定制，以厨房用品为主，只针对非洲市场出售。

由于市场进入早，无论是营收还是影响力，这家批发店在同品类店铺里均排名靠前。不过更令人惊讶的是——它每年的营收，都超过了

---

* 贾梦雅，《南风窗》杂志记者。

100万。众所周知，从2012年至2021年的十年间，中国大型超市平均每年闭店约690家。就连大润发、永辉、沃尔玛等那些我们耳熟能详的超市品牌，也在过去几年里接二连三地传来了闭店的消息。

就是在这样的背景之下，一群寻求新机遇的中国商人将目光投向了遥远的非洲大陆。在非洲，传统超市仍是连接当地生活与经济的重要纽带。数据显示，非洲消费者平均仍从当地超过250万家小型独立超市购买70%以上的食品、饮料和个人护理产品。

中国的制造和供应链优势带来的低成本，混合了非洲的高物价以及竞争不激烈，往往意味着，非洲市场具有较高的利润空间。用孙悦的话说就是，十年前，她的丈夫看到了一点："越是穷，越是要去。越是落后，越是有大机会。"

更早前往非洲的"淘金者"

孙悦这次去非洲，随身只带一个行李箱，里面装了几件夏装、些许药品和一顶蚊帐。相较于杂七杂八的身外之物，对全然陌生的土地的好奇和激情对孙悦而言更为重要。

然而，更早一批前往非洲的"淘金者"，往往并无这样的心情。比如，庄兰花。她是不得已才来非洲的。

庄兰花来自福建省福清市江阴镇，那里是中国著名的侨乡。侨乡，意味着家家户户都有在海外发展的亲戚，想挣钱的年轻人大都会出海找机会。最初，阿根廷是庄兰花的心之所向，但在2008年，前往阿根廷

/ 庄兰花的超市

的费用是 18 万，庄兰花没钱，婆家经济困难也无法提供支持，娘家又为了弟弟出国已经欠下一屁股债。

庄兰花回忆称，当时，她有亲戚在安哥拉，一个位于非洲大陆西南部的国家。亲戚说，那里每天走街串巷卖皮鞋的，都能挣七八百元人民币。只是环境很差，遍地都是大小便，有不少老乡待不了一周就会回国。

庄兰花选择了安哥拉，花了 36000 元人民币，包括各项手续办理费和机票费，是她的父母在村子里四处借来的钱。庄兰花说："当时就觉得，只有出国才能改命，哪怕再苦再累，能让日子过好，一切都值。"

原本，庄兰花的超市是安哥拉北隆达省里唯一的超市。然而，随着城区涌入的人口越来越多，如今周边超市数量扩充到了 30 多家，竞争者大多来自印度洋岛国毛里求斯。

由于宗教信仰,其他人的超市里不卖猪肉、不出售啤酒。作为30多家店铺里唯一的中国老板,庄兰花则不用顾忌这些,她什么都卖,结果,啤酒成了她店里的热销品。

与此同时,庄兰花深谙中国人的经商之道,主打"服务周到,灵活变通"。比如,在客人进店时,一定要面带微笑,询问客人需求;客人要用袋子装东西时,要把袋子主动递到客人手上;必要时,要给套两层袋子,保障袋子不破、东西不撒;客人结账缺少零钱时,可以直接免掉;客人离开后,要及时补充商品,保证货架陈列整齐。庄兰花不仅自己会这样做,还会亲自培养店员这样做。

此外,当地的薪资水平并不高,员工表现好时,庄兰花会在既有工资几万宽扎(约合人民币500元)的基础上,额外奖励7000多宽扎(约合人民币50元)。钱虽然不多,但足以调动员工的积极性。

没人一上来就敢涉足超市

即便竞争并未实质到来,即便已是当地的头部同品类批发商,仅是非洲正在被越来越多的人看见的事实,就足以让人居安思危。

孙悦夫妻就是一个例子。孙悦把当下生意还不错的原因归结于:入局早、熟悉当地市场并且有一定的资金实力。但无论是批发还是零售,"超市"这种生意模式本身并不足以形成行业壁垒。"一旦另一个更有资源的人出现,我们就完了,干十年抵不过人家一年。"

/ 徐元燕以前经营的鞋子服装店

因此，孙悦最近正在和丈夫策划成立当地品牌并扩大经营范围，还想要找本地网红来做营销，一切都还在准备过程中，孙悦不愿透露更多。

而对于资金并不雄厚的赴非投资者，没人一上来就敢涉足超市。来自福建的徐元燕夫妇，在马拉维开超市前，就先后做过服装和二手手机生意。由于初期资本投入少且风险低，他们在非洲的亲戚，几乎人人都是从服装零售贸易起家。

2007年，马拉维与中国刚刚建交，物资匮乏，那时"只要有货就能卖出去，供不应求"。徐元燕和丈夫只花了不到几千元，就开起了第一家服装店，店铺面积有50平方米。那是在2009年，货款还能拖欠，店铺房租也不过每月几百元。现在，如果再想投资一家一样的服装店，最起码需要准备十万元人民币。

随着当地经济发展起来，加上二手服装市场的冲击，服装店的利润逐渐见顶。徐元燕的丈夫发现了更高利润的商机——二手手机——一个早期并不需要多少本钱的生意。靠着15000元的本金，做二手手机的那几年，夫妻俩赚了七八十万元。后来，由于缺少好的货源，加上没能及时顺应市场的喜好，二手手机的生意也难以为继。

当时，刚好有开超市的老乡要转手，终于有本金的夫妻俩，决定花30万元接手，随后，他们又投了50万元用来扩店、装修、进货和招人。扩店后的超市有200多平方米，出售化妆品、五金、玩具、箱包等各类产品，所有的货物几乎都来自浙江义乌。

虽然仍在做零售生意，但现在，徐元燕夫妇已经有足够的资本去和别人拼货柜。货物一般要走海运，8000多公里，运输周期为一两个月。产品运来后，价格至少会翻上一倍，扣除掉各种成本，最终的利润率约在30%，开店首年，超市就回本了。现在，每年可以有四五十万元的净利润。

店内共陈列了八排货架，他们招了八名员工，每名员工看守一排货架。一是为了手工贴价、即时摆货，二是为了防止小偷。

在非洲一些地方，无论是员工还是顾客，小偷小摸是常态。数额较小，往往会选择忍一忍，数额较大，去报警是唯一的解决办法，但一般也无法再找回。

2023年年底，王刚点货时察觉少了约40万元的货。调查发现，过去一年来，送货司机时常联合店内员工，在运输途中将货物低价卖给沿途的超市。截至2024年3月，距离报案已经过去了三四个月，但案件没有任何进展。

王刚是这几年才开始做批发超市生意的，他此前也是先开了服装店，进而开了超市卖当地的零食、酒水，随后又转型做批发超市生意，兼顾零售，投资成本随之越来越高，从一二十万元到五六十万元，再到三四百万元。

在非洲，能做"批发"的人，往往被看作"更有钱的人"，因为批发通常需要大量预先购买库存，来满足来自零售商或其他商业客户的大批量订单。

王刚的批发生意，光是回本，就花了四五年的时间。

通通吃过"汇率"的亏

在海外做生意，能不能挣到钱很大程度上还要看汇率。近两年，南非兰特相对于美元的汇率经历了一定程度的波动，兰特相对于美元持续贬值，价值下降了22.66%。这意味着，伴随着通货膨胀，本地商品成本和售价上升，同时消费者的购买力却在下降。

"现在生意不好做了，越来越不好做了。"王刚反复说道。他估算，受汇率影响加之同期竞争者增多，从2023年12月到2024年3月，同期营业额减少了近30%。

在非洲做生意的中国人，几乎都吃过汇率下跌的亏。2015年下半年，安哥拉宽扎的市场汇率突然下跌，银行为此关闭了外汇窗口。庄兰花本想等汇率回升再去兑换人民币寄回国内，没想到这一跌势一直持续到2016年。她起初价值500万元的资产，直接缩水了好几倍，最终只值70万元左右。那一年，由于汇率跌破，很多在安哥拉闯荡的中国商人亏损太多，不得已回了国。当时，庄兰花的出租屋里堆满了现金，到处都是钱，可她只能眼睁睁看着它们一天天变成废纸。从那以后，不管汇率涨跌，她开始定期每半个月或一个月就朝家里汇款一次。

年轻时总有回家的想法，但时间久了，庄兰花不再想了。她现在的想法是，等到干不动了就回国。

王刚初来非洲时，想着只要赚够100万元就回国。目标达成后，欲望不断膨胀，他想做更大的生意，挣更多的钱。其间，他动过回国的念头，也曾在国内考察过多个投资项目，但最后都不了了之。王刚说，身边凡是回国的亲戚朋友，没有一个挣到钱的，不少人在国内创业失败后，又都回了非洲，他也不敢回国了。王刚把亲友回国创业失败的原因归结于"太单纯"，在非洲久了，无法适应国内的发展速度和营商环境。

国内的快速变化，也是阻隔徐元燕回国的重要原因。比如电子支付、外卖订餐、网约车服务等，国内人早已习惯的应用和服务，她总要花很长时间去适应，但往往还没等完全适应，就又要启程离开。

然而，回国的想法这几年还是越发强烈，因为徐元燕不想错过两个孩子的成长。她的大儿子和小女儿都在马拉维出生，由于当地的教育环境较差，两个孩子在幼儿园毕业后相继被送回老家由爷爷奶奶照顾。

如今上有老下有小，徐元燕夫妻俩已不敢再像年轻时贸然行动，就连回国寻找商机，也是两人错开回来，留一人在非洲看店。2022年，徐元燕的丈夫回国待了八个月，想找点可做的事情，最后得出的结论是"不好做"。

由于时不时地分享在非洲的见闻和日常，徐元燕在抖音上积累了不少粉丝，2023年下半年，她决定回国尝试抖音直播带货。前期，每个月能有一万元左右的收入。然而，离开了非洲就等于没了引流话题。到后面，流量越来越少，数据越来越差，最近一个月的收入只有2000元。夫妻俩商量后，还是决定返程马拉维，她想在回去后尝试做马拉维当地的考察旅游接待。只不过，对于未来，她还是只感到一片茫然。

回去还是留下？"新闻入者"孙悦暂时还没认真想过这个问题。目前来看，她非常喜欢这里的生活。她坦言，在非洲经商有其残酷的一面，听闻不少人血本无归。只是当下，这片古老而又充满活力的土地，仍寄托了孙悦对未来的无限憧憬。

（本文原载于《南风窗》2024年第8期，图片由《南风窗》《盐财经》受访者提供。）

漂洋过海来拍你：视频里的非洲

张锐[*]

让中国的探险者们甘愿离开乡土、远渡重洋的地方，除了有很多机遇，一定还寄托着梦想与希望。十几年来，有上百万中国人选择在古老又陌生的非洲开启新生活。

过去，大多数人对非洲的想象基于西方影视作品：《血钻》中的资源与掠夺，《战争之王》中的贫穷与动荡，纪录片《非洲》中原生态的动植物……关于非洲，人们在互联网上的热门搜索问题包括"非洲有哪些国家""非洲原始部落的真实生活""非洲真的很穷很乱吗"。

90后王小龙曾在非洲度过四年时光。去之前，王小龙对这块大陆的想象与大多数人如出一辙。事实显然更复杂。在南非开普敦，从道路到商场，王小龙感觉"完全是一个西方的城市"；他也曾去邻国津巴布韦，

---

[*] 张锐，《南方周末》记者。

/ 在非洲工作和生活多年的王小龙（右一）

当地人民生活困苦，每天排队来南非买东西。

一年后，王小龙前往卢旺达，当时他对这个国家的认知来自电影《卢旺达大饭店》。那天，王小龙坐车前往酒店，车子行驶在中国人修的公路上，他感觉这个国家"干净、整洁、漂亮"。王小龙的拍摄也从卢旺达开始。在视频中，王小龙提到他对卢旺达的印象，比如"安全"，网友抛来一串问号："非洲？安全？"

如今，王小龙承包了卢旺达 100 亩土地，"当上了农场主"。在视频中，他试图展示卢旺达更多元的面貌：勇闯非洲的中国人，有的五年攒下了上亿卢郎、买下地产，有的闯非洲十年终成女强人；卢旺达某村第一个女大学生、工资低廉的建筑工人、盖土房子的当地人、帮人提菜的小贩……在一条视频里，王小龙解释为何非洲人口爆炸式增长，镜头扫了一圈,他说"好多外国人啊"。网友回复:"傻啊,你才是外国人!"

王垚于 2020 年 8 月底开始在非洲拍短视频。当初,疫情来临,积压在国内的货物发不过来,王垚在肯尼亚的商店限制营业,他在短视频平台发布了第一条视频,分享自己的日常生活动态。视频里,公司的仓库黑人管理员请王垚做孩子的"干爸"。起初有专业人士建议王垚模仿高流量视频,但王垚上网一搜索,发现多是卖穷、卖惨、戏谑等,他想做些不一样的内容。

像王小龙、王垚这样的非洲中国视频主还有很多,小钟告诉《南方周末》记者,在视频中不是一味说非洲好话或者坏话,"看到怎样就是怎样的"。大学至今,小钟已经去过全世界 30 多个国家,非洲国家算是其中比较落后的,但仍然能看到"让人眼前一亮"的东西。

不靠拍视频这点"小钱"

在小彭拍摄的近 1500 条短视频里,能够看到一个 20 多岁的年轻人初到非洲时的各种好奇。他记录那些普通非洲人的劳动瞬间,有来档口推销商品的男孩,有清晨帮路人擦鞋赚钱的人,有路边慢悠悠施工的人,有正在理发店理发的老板,有踩着老式缝纫机的师傅。他也记录非洲人的快乐时光,比如在简陋小屋旁跳舞的小朋友,放学时身穿校服的学生,泥土飞溅中踢球的年轻人,在路边歌唱的失去双腿的歌手,拿着铁锹当乐器沉浸其中的工人,背着吉他来档口的文艺青年。还有非洲当地的车马街道、市场商超、特色食物,以及月亮、树木、大雨、鸟儿、猫和老鼠。

来到刚果（金），小彭摇身一变成了"非洲小彭"。小彭是广西人，90后，由于没文凭没技能，国内工作不如意，投奔了在刚果（金）开手机店的表姐一家。之后，小彭盘下表姐的档口，雇了几个当地员工，在非洲卖起了低价智能手机，这些手机价格便宜但返修率高，小彭有时候一天修十几台。再后来，小彭为刚果（金）的一家公司工作，忙着做电商生意。

小彭在视频里拍到当地人提水桶打水，想起小时候在村里，大家也是这样去打水。刚果（金）常常停水停电，他想起以前家里停电用蜡烛和煤油灯。他也拍家中勤劳善良的黑人保姆，感慨"我们漂洋过海是为了家，她也是为了家"。

小彭的镜头走进偏远山区的贫穷，一间间小矮房，家徒四壁，没有商店，没有现代化的设备，孩子读书要去十几公里之外。穷人有穷人的活法，一袋玉米粉够全家人吃一个月，去市场上买一些便宜的鱼内脏，煮点西红柿，用洋葱蘸着吃。小彭也拍过富人区，有钱人住在大别墅里，孩子上着全英式贵族学校，打高尔夫球。

老姚说，很多拍非洲视频都是片段，其实是因为视频主的主业太忙，也不靠拍视频这点"小钱"。

老姚是南非《非洲时报》记者。作为当地一家华人媒体，《非洲时报》主要负责向华人传达南非各地资讯。在老姚的视频里，黑人出镜较少。老姚记录更多的是在南非的中国人。

"所有人都知道南非不安全，为什么这么多中国人在这里待着？"老姚对《南方周末》记者说，"南非的钱好赚。"老姚认识一些十几年前来南非的中国人，他们在国内打工薪水低，于是到海外找出路，刚来南非也打工，后来做生意，成为千万富翁、亿万富翁。

有些中国人身在南非，不懂几句英文，每个月给国内的家人打钱。他们舍不得回国，有的担心回国后店铺没有人看管，有的则担心回国后因为签证问题无法再出来。中国人在非洲吃苦耐劳。老姚见过一对夫妻，二十几年没有回国，一年挣几百万，睡的床还是砖头垒起来的床板，吃的是当地的普通白面和清水白菜。

与偏见对话

小钟在非洲交往的朋友来自各个阶层，在视频里，他和当地人一起在街头小餐馆吃饭，体验非洲白领的午餐，被当地大学教授领着去网红餐厅，也会去非洲官员、名流家里做客。"看了这些视频，能够消除你对非洲的偏见或者说让你真正了解非洲的情况吗？"小钟问《南方周末》记者。在非洲的穷困之外，小钟在视频里经常试图展示，除了土房子和贫穷，非洲社会发展的另一面是什么。

有些视频看起来更像是纪录片。在非洲最大的水上村冈维，小钟向当地人询问村庄历史；在埃塞俄比亚南方部落金卡徒步进入奥莫河谷，在哈莫部落观看非洲原始部落成人礼；在多哥，小钟参加了当地人的葬礼，拍下了全部流程，四位身着黑色礼服的抬棺人员向人群走去，随着音乐节奏摆动，没有配上夸张的背景音乐，更没有恶搞的片段；小钟去加纳拍摄世界最大的电子垃圾场，当地人在垃圾堆里捡垃圾。"这是我做事的初衷——展现不同的人文、风情，记录他们的真实状况。"小钟对《南方周末》记者说。

一些非洲人会把小钟多付的钱返还，但也有试图骗人的非洲人。在一则视频里，小钟在街头买杯子，旁边的一个男子发表歧视性言论，小钟与女朋友当场反驳和发火。小钟将那些在非洲遇到的善良的人、敲诈的人一一记录在视频里。

视频要客观，非洲故事当然并非全都是美好的。"基本上每年我们都要做好心理准备，会有中国人身亡，有的被抢劫者打死，有的出车祸，有的被绑架，还有各种各样的治安事故，"老姚对《南方周末》记者说，"南非的核心问题是安全。"而且不仅是中国人，白人和黑人被抢的概率也极大，老姚公司的黑人员工一个月被抢了四次。

2017年，中国人在南非遭遇种族歧视。南非杜省中华公会控告12名当地人在网络上恶意谩骂和仇视华人。官司一打就是五年，当时，老姚他们去商家为官司募捐，有的捐一两千，有的捐上万，最后筹款百万去打官司。

当地老华侨跟老姚说，中国人在西方人的话语体系里，类似反种族歧视的官司从来没有赢过。2022年7月28日，该案件以华人社区胜诉而告结。

小钟有时候会买一些食用油、大米、洗衣粉、意面等，捐给非洲的孤儿院，去贫民窟为当地孩子们送鞋子；他还拍下中国援助非洲的项目，在体育场采访来锻炼的非洲人。在孔子学院，小钟帮着学生们找工作，体验中国文化，试图消除他们对中国人的误解和偏见，"这需要一个很长的过程"。当地的学生渐渐认识小钟，每次见到都会问："小钟今天要去哪里？我带你去，我想和你一起拍视频。"

大量的普通人、穷人出现在镜头里。"我们不是说因为可怜而去施舍他们。我们希望，当你得到这份帮助的时候，你觉得我不是在可怜你，而是作为一个朋友在真正地帮助你。"家里的保姆之前向小钟借钱修房子，小钟陪她去市场买所需的材料。同样，小钟也会安排一些工作给她，"这样她接受起来会更加心安，或者她觉得会更加地平等"。

王小龙尊重地方传统。卢旺达因为大屠杀的惨痛历史，种族话题至今是禁忌。在卢旺达，不可以询问对方是卢旺达的哪一个种族，但是，仍然可以与当地人谈论大屠杀的历史与反思。王小龙和一位当地人聊过相关话题，这位当地人正是大屠杀中存活下来的幸运儿，小时候经历了大屠杀后成为心底永远的痛，很多亲历者最后都选择离开故土。

王小龙认识很多白人朋友，也认识很多黑人朋友。"不同民族之间打交道，其实是一样的。"王小龙对《南方周末》记者说，"向往真善美，这些美好的品质都是共通的。"卢旺达每个月最后一个周六上午是全国的"乌姆甘达"，即义务劳动。全村人一起出动修路，修一条农村通往外界的路。王小龙主动加入，他要修一条"友谊之路"。

小钟的镜头对准的大部分是非洲人。当他们拒绝镜头的时候，小钟便会停止；当他们困惑，小钟解释"希望自己更多国内的朋友了解非洲"。如今，越来越多年轻人对非洲的刻板印象在变化。

"你不能喊我'爸爸'"

从2019年开始，互联网上关于非洲人做饭的视频变多了，类似"油锅里倒"的炒菜视频流行起来。几内亚当地人的主食一般是杧果和木薯，也吃土豆、"很辣"的洋葱和一些"无法下咽"的茄子。一开始，在几内亚工作的王飞，用视频展现来自中国的美食，改善几个非洲小孩子的伙食，几个非洲小孩逐渐能够非常熟练地抄起锅铲，烹饪各式中国菜，还会大声招呼"叔叔阿姨哥哥姐姐，开饭啦"。

视频中的主角，精通炒烧蒸炸的中华厨神"小猴子"（中文名"猴赛雷"）出生于2011年，女孩"大胃王"（中文名"王黛维"），出生于2016年。"肉肉"和"老二"两个几内亚孩子也常出现在镜头里。"当时完全没有想到以后会跟这几个孩子这么亲密，"王飞对《南方周末》记者说，"当时只是看到小朋友可爱，又蛮可怜的。"

2012年，王飞来到非洲几内亚工作。那时，他只有26岁，刚到几内亚首都的时候，几乎天天停电，每天凌晨两三点才能来电。当时一起来的五个人，三个月走了四个。

王飞奋斗了六年后，被老板派去管理新公司。当时，王飞的厂区有食堂，有厨师专门给中国员工做饭，有时候会剩下一些饭菜，有几个孩子此时就出现在门口，眼巴巴望着。王飞觉得奇怪，有时会分一些饭菜给他们。后来逐渐熟悉，王飞会专门准备几份饭菜，聊天才知道，这些孩子是附近的居民。

过去两年多，王飞不时更新与非洲小孩共同生活的影像。小猴子厨艺高超，中文水平高，闲暇时喜欢看中国电影，既懂事又可爱，大家在线上共同操心小猴子的未来。王飞一边拍着自己的视频，一边盘算着给小猴子造一座完全属于自己的房子。

在几内亚，只有很少人能够拥有自己的房子。王飞对《南方周末》记者说，小猴子省心听话，陪伴了自己在非洲空虚的日子，他不想小猴子以后仍然寄人篱下。从买地到动工前后花了40多万元，网友进行云监工，为房子建设提意见。

小猴子得到了王飞较多的照顾，肉肉家觉得自己受到了冷落，肉肉的家庭和小猴子的家庭开始出现矛盾。房子建成了，大家又开始操心肉肉家将来会来抢小猴子的房子。王飞一直说自己心里有数，"小猴子的房子，谁也抢不走"。

王飞担心小猴子和自己的关系亲密，会受到同龄孩子的排挤。搬家的时候，王飞会偷偷观察他们的关系，发现小猴子和他们相处很好，放下心来。到了饭点，王飞留下小朋友们一起吃饭。

2021年，大胃王意外怀孕生了小孩，和很多当地女性一样，很年轻的时候便成为单亲妈妈。王飞又急又气，询问大胃王孩子父亲是谁，一家人带着警察去抓"那个小子"，结果人早就跑了。王飞有挫败感，觉得没改变这个女孩的命运。后来，孩子生下来，跟着王飞一起生活，王飞会定时掏生活费给小孩子。现在，大胃王成长了很多，希望自己能够"独立"。

小猴子很小就跟在王飞身边，像一张白纸，许多思维方式、为人处世的观念都受到周围中国人的影响，王飞还将他送到了当地的孔子学院学习中文读写，希望他以后能做翻译，博一个好前途。小猴子经常和王飞家里人视频互动，王飞的女儿和小猴子一样大，两个同龄孩子会聊今天做了什么，以及学校的学习，但是往往到这个话题便聊不下去了，"和国内的教育天差地别"，王飞对《南方周末》记者说。

王飞总让小猴子喊自己"老大"，有一段时间，肉肉喊王飞"爸爸"，小猴子也想跟着喊。偶尔几次后，王飞严肃地说"你不能喊我'爸爸'，还是喊我'老大'"。"如果喊我'爸爸'，他的心理上可能会有一种更强的依靠，我害怕他没有以前那么努力了，"王飞对《南方周末》记者说，"他是一个很坚强的孩子，以前寄人篱下的时候，他很努力，一旦安逸下来，对他的发展可能并不好。"

王飞告诉《南方周末》记者，很多中国人都在默默资助当地人。他在几内亚首都见过一些做生意的中国人，从小到大培养非洲孩子，而且一资助就是十几年，直到帮助他们找到好的工作。他们有时候惊叹王飞"怎么把小猴子中国话教这么好的"。

我在非洲当酋长

几乎每条视频下，人们都会开玩笑说"羡慕王总每一天"。从 2010

年由单位外派来到非洲至今，王垚已经成为一名"老非洲"。王垚的工作从中航国际到二手服装市场、批发档口，再到建设炸药工厂。王垚在非洲开了二手服装精品连锁店，招聘了很多漂亮模特，于是便有了王总和非洲小助理们的故事。

王垚视频中的常见场景，身着西装的王总带着数位来自非洲的世姐超模，或是一起舞蹈，或是一起出现在高端场合。王垚告诉《南方周末》记者："我是属于一到非洲就爱上非洲的。"

王垚读书的时候在澳大利亚生活过四年，始终感觉文化上难以融合。到了非洲以后，王垚感觉非洲人跟中国人有文化上的相似之处，在跟绝大多数非洲人交流的时候，没有太多的隔阂。

李满虎深有同感。2018年12月，李满虎获封尼日利亚酋长；三个月后，李满虎在喀麦隆再次获封酋长，成为首个非洲国家"双酋长"。在视频账号，李满虎分享着自己在当地获封酋长的过程，身穿当地民族服饰，手拿一根代表头衔的权杖，在祝福中完成了获封仪式。

最近，李满虎从中国返回喀麦隆，飞机一落地，当地酋长便说"Welcome home"。李满虎享受这种"回家"感觉，他称非洲是自己的"第二故乡"。

故事开始于2015年，李满虎来到尼日利亚一家中资矿业公司。一年后，李满虎成为中地海外集团尼日利亚公司的员工，负责行政外联事务。去非洲之前，李满虎有稳定的工作和体面的收入，但总是找不到自己的价值。决然辞职后，李满虎决心来到非洲大陆打拼。

李满虎是家族中第一个出国的人。出发的时候恰逢国内冬天，李满虎穿着羽绒服和毛衣，落地非洲大陆，正值尼日利亚旱季，热浪袭来，这个场景永远留在他的记忆中。此后数年，李满虎往返于中非两地，在公司负责行政，包括人事、财务、后勤等各种工作，经常和当地人打交道。李满虎觉得处理和当地人的关系非常简单，和很多当地的朋友都以"兄弟"相称。

在非洲，酋长头衔通常授予那些为当地经济和社会做出重要贡献、具有一定影响力的外国人。当地人通过李满虎向企业表达诉求。企业通过李满虎与当地人沟通。在李满虎的努力下，一些修桥、修路等惠及当地的工作顺利完成。

王垚和来自卢旺达的朋友聊天，听说自己的账号上了卢旺达本地的电视台。之前，王垚受当地官方委托拍摄的卢旺达素材曾反复在机场播放，甚至一度为卢旺达旅游引流。

短视频改变了王垚的生活状态，王垚感觉自己的视频成为在非洲的知名中国IP，自己也成为"一种代表中国人在外打拼的公众形象"。别人跟他打趣，中国人了解非洲，一个是《动物世界》，一个是他的短视频账号"非洲十年"。非洲人希望王垚介绍中国产品渠道，中国粉丝想去非洲闯一闯，希望王垚给介绍工作；还有在中国的老板希望来非洲做生意，开工厂。

前几天，王垚招聘了一个坦桑尼亚的世界小姐，她从机场高速路来到公司驻地，说感到"震撼"，像是在"迪拜"。王垚说，包括内罗毕在内的肯尼亚绝大多数基建，环城路、机场、快速路等都是中国公司承建的，改善了当地的城市面貌和人们的生活。"他们现在对中国认知有很大的变化，过去中国人是贸易的角色，现在变成真正的非洲国家城市的建设者"。

除了南非等少数国家，大多数非洲国家基建较差。之前，老姚的朋友去肯尼亚看动物大迁徙，道路颠簸，全程要走六七个小时甚至更长时间。前段时间，王垚来南非玩，告诉老姚，中国已经把那块的路援建好了，开通了高速公路，现在去的话比之前方便太多了。

来非洲之前，王飞的朋友武哥看视频觉得非洲人很"懒散"。来到后发现确实如此，月底发完工资，第二天找不到工人来上班，因为前一晚都去喝酒和跳舞了。随着当地的中国人增多，一些非洲人的观念发生了转变，明白了"努力能让家庭过上好生活"。武哥的公司招人，一要勤劳，二要老实。他雇了本地的司机，还跟他们推行"按劳分配"的薪酬原则，跑车的次数越多，赚的也就越多。

"不管外媒怎么报道，当地人心里清楚我们在这里干了多少事情。"李满虎对《南方周末》记者说，"提供低息贷款，修路、建桥、建港口、修飞机场，又跟他们合作农业等，这都是我们在做的事情。而西方国家停留在喊口号上面，没有实现承诺。"

如今，李满虎离开了公司，做好公司的事、保护好公司员工、处理好当地关系他已经完全得心应手，现在他期待做更多的事情。作为当地政府和民间认可的华人酋长，李满虎觉得自己能够做的事情更多。"我不想过平淡的生活,"李满虎对《南方周末》记者说,"我在国内是一个路人甲,但是在非洲,我就是一个'靓仔'。"

(本文原发表于《南方周末》2022年8月19日,有删减。)